La vie commence

maintenant

LUCIE GRANGE

La vie commence

maintenant

Roman

© 2022, Lucie Grange

Édition : BoD – Books on Demand, 12/14 rond-point des Champs-Élysées, 75008 Paris

Impression : BoD – Books on Demand, Norderstedt, Allemagne

ISBN : 9782322402144

Dépôt légal : février 2022

« Le passé est un prologue »

La tempête,

William Shakespeare

CHAPITRE 1

Quand, précisément, ai-je cessé d'y croire ? J'avale ma troisième tasse de thé de la matinée et mon esprit s'évade, encore...

« On ne peut rien changer à son destin » me répétait chaque soir ma grand-mère, la voix fragile, comme épuisée par une vie dont elle avait perdu le contrôle. Savait-elle déjà quelle jeune femme je deviendrais ? Pouvait-elle lire dans mes yeux d'orpheline la désillusion et le désespoir ?

Depuis qu'une branche d'arbre a décidé de rompre juste au moment où la voiture de mes parents sortait d'un virage, nous avons survécu comme deux amputées. Il parait que parfois, ce qu'on ressent nous parait plus vrai que la réalité. Mais mon corps fut comme anesthésié depuis cette nuit d'été orageuse. Comment mettre des mots sur ce que j'étais supposée éprouver ? Je suis restée mutique durant des mois mais ma grand-mère savait décoder chacun de mes battements de paupières, chacun de mes souffles. Elle mit des mots sur mon silence et sut décrire ma douleur parce qu'elle la subissait tout autant.

« C'est tellement triste, bientôt elle ne se souviendra plus d'eux », avais-je entendu au cimetière. J'ai fixé des photos de mes parents et moi des journées entières, avec l'espoir sans doute d'ancrer leurs visages dans ma mémoire. Mais ces instants figés me semblaient irréels, comme s'il s'agissait d'inconnus. Parfois, je me regardais dans un miroir, en tenant l'un de ces clichés dans une main, pour tenter de me convaincre que j'étais bien cette petite fille car je ne la reconnaissais pas. Nous avions toutes les deux les yeux bleus mais les miens avaient perdu de leur éclat, les couettes blondes avaient disparu pour laisser place à un carré fade, sans mouvement. Et je ne parvenais pas à reproduire le sourire enfantin qui illuminait ma frimousse. Très vite, je cessai de feuilleter les albums et cachai les cadres qui décoraient le salon. Grand-mère continua de me raconter des anecdotes de leur vie, de notre vie, mais je les écoutais comme s'il s'agissait de personnages de contes ou de légendes.

Elle ne me montra jamais sa peine. Elle continuait à vivre pour moi quand bien même une partie de son cœur avait déjà cessé de battre. Elle dut prouver qu'elle était capable de prendre soin de moi alors qu'elle-même tentait de surmonter la plus grande perte qu'une mère ait à connaître. Elle décida de quitter la maison familiale et de déménager à une centaine de kilomètres, comme si la distance allait pouvoir gommer un peu notre malheur.

Je n'ai jamais manqué de rien, mais toujours manqué de l'essentiel, enfin je suppose. Personne ne me prit plus dans les bras lorsque je me réveillais d'un cauchemar, tombais de vélo ou rentrais triste de l'école. Grand-mère savait être tendre avec ses mots, mais mon corps réclamait d'être bercé pour réconforter mon âme et elle ne parvint sans doute jamais à être assez forte pour m'offrir ces instants de douceur.

Son cœur la libéra de son chagrin peu après mes dix-huit ans et l'obtention de mon bac, comme si, le devoir accompli, elle pouvait enfin rejoindre son fils, mon père. Je n'eus pas la force d'assister à son enterrement, d'accompagner son cercueil dans le même cimetière où reposent mes parents. Je m'en veux de ne pas réussir à m'y rendre encore aujourd'hui, ne serait-ce que pour fleurir sa tombe, elle qui aimait tant avoir la maison débordant de bouquets. J'y songe souvent pourtant lorsque je pense à mes parents. Parviendrai-je enfin à me projeter dans l'avenir si je rendais visite à mon passé ?

La sonnerie d'un téléphone met fin à ma rêverie et mon regard s'attarde sur l'éphéméride punaisée au mur : « A la Sainte-Madeleine, il pleut souvent, car elle vit son maître en pleurant. » Si seulement je pouvais pleurer moi aussi. Cela serait un signe que je suis encore vivante. Je m'apprête à retourner dans mon bureau quand je me fige et lâche la tasse encore tiède qui se brise au sol. La date du 22 juillet est inscrite au-dessus de la citation. Nous sommes le 22 juillet 2010. Cela fait vingt ans jour pour jour que ma vie a changé ou plutôt vingt ans que j'ai cessé de croire qu'elle valait la peine d'être vécue pleinement. Vingt ans que mon corps grandit, que je m'efforce de faire ce que tout le monde attend de moi, le cerveau en ébullition mais le cœur à l'arrêt et les yeux fermés.

Une voix me sort de ma torpeur :

— Qu'est-ce qu'il s'est passé, tout va bien ? me demande Bastien, qui se tient devant moi, l'air inquiet.

Mon esprit revient petit à petit à la réalité même si je suis encore troublée.

— Vic, ça va ? Dis quelque chose.

— Ça va, parviens-je enfin à articuler. Je...je suis juste maladroite, comme d'habitude. Ma tasse m'a échappé.

Je me baisse pour ramasser les morceaux de porcelaine éparpillés au sol et tenter de cacher mon malaise. Mais Bastien sait quand je lui cache quelque chose et il se baisse à son tour pour m'aider.

— Tu peux me parler, Vic, tu le sais. Je suis là.

Je ne sais pas ce que je ferais sans lui. Il est mon meilleur ami depuis des années. C'est lui qui m'a aidée à affronter l'aventure étudiante à Paris juste après le décès de ma grand-mère, lui qui sait trouver les mots à chaque fois que j'ai besoin de réconfort. Aujourd'hui encore, il est à mes côtés. Il a quitté son boulot à Paris pour me rejoindre à Bordeaux et se faire embaucher dans la même agence d'architecture que moi. Je lève les yeux pour les plonger dans son regard émeraude et cela suffit déjà à m'apaiser.

— Merci Bastien. C'est rien, je t'assure. Je suis juste un peu stressée par le projet de la nouvelle clinique. La cheffe me fait confiance et je n'ai pas droit à l'erreur.

— Ok. Quand tu seras prête à me dire vraiment ce qui ne va pas, tu sais où me trouver.

Je le reconnais bien là. Il sait aussi quand ce n'est pas la peine d'insister, quand mon silence ou mes excuses sont un moyen de me protéger et il a toujours respecté ce mode de fonctionnement. Il sait mieux que quiconque comment mon âme blessée a besoin de temps pour se livrer. Il m'adresse un clin d'œil complice, jette les bouts de tasse dans la poubelle et repart dans l'open space. Je jette un dernier regard au bout de papier sur le mur avec le sentiment étrange que ce 22 juillet va être une journée particulière.

Quand j'arrive vers mon bureau, Coline Perrot est assise dans mon fauteuil et scrute d'un œil précis les croquis qui sont éparpillés devant elle. Je m'en veux d'avoir déserté mon poste. Je crains déjà les remarques acerbes dont elle est la spécialiste et mon retard risque de ne pas jouer en ma faveur.

C'est en partie pour elle que j'ai précisément choisi cette agence bordelaise et pourtant je ne cesse d'être déçue jour après jour. J'ai découvert son talent en feuilletant par hasard un magazine de décoration. Elle venait de terminer la rénovation d'un ancien couvent transformé en hôtel de luxe. Elle avait su conserver l'authenticité du lieu et son côté mystérieux et apaisant, tout en lui apportant modernité et lumière. J'avais imaginé tant de fois combien travailler à ses côtés serait inspirant mais son talent n'a malheureusement d'égal que sa mauvaise humeur et son insatisfaction constante.

J'ai passé des heures à dessiner et corriger les plans d'un projet qui nous a été confié par la mairie de Bordeaux : une future clinique pédiatrique qui doit permettre d'accueillir de jeunes patients atteints de maladies rares et leur famille. C'est mon premier gros défi et j'ai à cœur de proposer une structure qui puisse permettre aux enfants malades de se sentir le mieux possible. Je n'ai pas compté mes heures, j'y ai mis toute mon énergie et ma créativité afin de prouver que j'ai les ressources et le talent pour mener à bien un projet d'une telle envergure. Mais je sais qu'en quelques mots bien choisis, Coline est capable de briser tous ces efforts et anéantir mes rêves.

Les quelques secondes de silence me paraissent interminables. J'attends donc, fébrile, qu'elle prononce la sentence même si je ne sais pas comment je pourrai rebondir si elle n'est pas satisfaite de mes dernières propositions. J'avance timidement et m'apprête à m'excuser pour mon retard quand elle prend finalement la parole :

— Bonjour mademoiselle Ramier, je vous attendais.

— Bonjour Madame, je vous prie de m'excuser, j'étais...

— Peu importe. Nous devons absolument faire le point avant la réunion de 14h.

J'essaie de déceler dans le ton de sa voix si la suite de nos échanges s'annonce positive ou si au contraire je dois me préparer à affronter le pire. Son ton est neutre et rien dans ses gestes ne me permet d'imaginer ce qu'elle s'apprête à me dire. Elle se lève et se dirige vers la fenêtre pour jeter un œil à l'extérieur.

Encore une fois, je ne peux qu'être impressionnée par son allure et son charisme. Elle porte un nouveau tailleur cintré parfaitement ajusté à sa silhouette fine et des escarpins vertigineux accentuent la longueur de ses jambes. J'admire son carré court d'un brun parfait que rien ne semble pouvoir venir emmêler.

Un jour, je lui ressemblerai, j'aurai son assurance, sa classe et sa carrière. Enfin j'essaie de m'en persuader en réalisant que la chemise que je porte n'a rien de glamour et que le jean et les sandales qui complètent ma tenue n'auraient pas leur place dans son dressing.

— C'est un projet capital pour l'agence Mademoiselle Ramier, j'espère que vous en avez conscience.

— Je suis d'autant plus honorée d'y participer et je vous promets que je mets tout en œuvre pour vous satisfaire.

— Ce n'est pas moi qu'il va falloir convaincre. Ce sont les investisseurs et la Mairie. Et ce que je vois pour le moment...

J'ai le souffle coupé, mon corps entier tremble et je regarde attentivement le mouvement de ses lèvres dans l'espoir de pouvoir y lire ses pensées avant qu'elle ne les prononce.

— ... pourrait être l'œuvre d'un enfant de maternelle.

Je m'y étais préparée, j'avais imaginé les mots qu'elle pourrait utiliser pour me déstabiliser, me blesser et rabaisser mon travail. Je l'ai tant de fois entendue malmener des stagiaires qui finissaient par jeter l'éponge et quitter les bureaux en pleurs pour ne jamais revenir. Je m'étais juré que je ne me laisserais pas atteindre par son venin, que je parviendrais à trouver la répartie adaptée pour lui répondre. Et pourtant, me voilà aujourd'hui, telle une enfant devant une enseignante trop sévère, incapable de se justifier ou de trouver les mots justes. Je la laisse parler et m'expliquer en quoi mes croquis ne correspondent pas au cahier des charges, qu'ils sont fantaisistes, manquent d'originalité et que l'agence ne peut se permettre de proposer un tel projet sans perdre en crédibilité. Je reste impassible quand elle doute de la validité de mes diplômes et de la lucidité de celui qui a bien pu m'embaucher il y a trois ans. Quand tout à coup, elle prononce la phrase de trop, celle qui vient me toucher au plus profond de mon être.

— Ce travail n'est pas digne de cette agence. Vous n'êtes plus une junior Victoire, j'attends de vous plus d'investissement. Il va falloir me proposer autre chose si vous ne voulez pas être obligée de retourner vivre chez vos parents. Je sais que vous estimez mon travail, mais pour l'instant, vous êtes loin d'avoir mon talent.

Mon regard qui fixait le sol jusqu'à présent devient soudainement plus sombre. Une colère froide grandit en moi comme si tout mon être endormi se réveillait d'une douloureuse hibernation. Chaque cellule de mon corps bouillonne. Toute la peine et la tristesse, qui étaient enfouies, remontent à la surface. Ma respiration s'accélère et je sais que je ne parviendrai pas à contrôler mes

15

émotions. Je cherche Bastien du regard par la vitre qui sépare mon bureau de l'open space mais je sais que c'est peine perdue. Rien ne pourra venir atténuer la force qui croît en moi et qui s'apprête à parler pour moi :

— J'espère bien que je ne vous ressemblerai jamais. J'espère bien que jamais je ne deviendrai la garce que vous êtes aujourd'hui.

— Pardon ? Faites attention à ce que…

— A ce que je vais dire ? Au contraire, il est temps que quelqu'un ose vous révéler ce que tout le monde pense de vous. Je ne suis ni votre esclave, ni votre ombre, ni votre écho. Vous vous servez du talent des autres en leur faisant croire que leur travail est minable avant d'utiliser leurs dessins en votre nom. Vous êtes une manipulatrice sans cœur et un jour vos clients se rendront compte de la supercherie. Sans nous vous n'êtes rien. J'ai cru naïvement que je ne pourrais pas exister sans votre reconnaissance, mais la vérité c'est que je vaux bien plus. Je ne retournerai pas auprès de mes parents parce qu'il faudrait que je meure pour cela. Pour la première fois, j'ai envie de vivre. Pour la première fois, je me sens vivante et finalement c'est grâce à vous. Alors merci !

Merci de m'avoir réveillée. Ça fait bien trop longtemps que je suis endormie, mais c'est terminé. La vie commence maintenant.

CHAPITRE 2

— Ça fait cinq jours Vic, il faut que tu reviennes au bureau.

— Je sais...

Presque une semaine. 120 heures que j'essaie de comprendre ce qui a pu me passer par la tête pour tout gâcher. Bastien a expliqué ma situation au DRH de la société et Coline, étonnamment, a semblé compréhensive et a accepté que je réintègre l'équipe à condition que j'aille voir un médecin et que je lui présente ensuite mes excuses. Mais je n'ai pas envie de me justifier d'avoir enfin été moi-même. Ce n'était pas un accident ou une erreur. J'ai pensé chaque mot et je n'ai aucun regret. Je me revois ranger les affaires personnelles de mon bureau un sourire aux lèvres, me diriger vers les ascenseurs plus sûre de moi que je ne l'avais jamais été en saluant chacun de mes collègues incrédules, sortir enfin de l'immeuble, libérée. Je me souviens aussi du regard de Bastien, me rejoignant en courant, tentant de me raisonner, en vain. Jamais je ne l'avais vu si inquiet, si troublé. J'ai refusé qu'il m'accompagne, je l'ai repoussé quand il a tenté de me retenir. Je suis montée dans ma voiture avec le sentiment que je venais de prendre la meilleure décision de ma vie d'avoir enfin eu le courage de m'affirmer. Et j'ai roulé.

Les heures suivantes sont plus floues. J'ai pris instinctivement la direction de ma plage préférée et me suis garée deux heures plus tard sous les pins, pour rejoindre en courant le sable, guidée par le rugissement des vagues. La plage de la Lette Blanche est mon refuge, aussi sauvage et secrète que moi. Je l'ai découverte un peu par hasard dès mon arrivée à Bordeaux presque trois ans plus tôt. Bastien m'avait aidée à emménager dans mon nouvel appartement et nous avions ensuite décidé de longer la côte pour découvrir chaque recoin des Landes. Nous avions atterri un peu par hasard sur ce joyau authentique et nature. Ce fut un coup de foudre et j'y reviens chaque fois que j'ai besoin d'échapper à la civilisation et de me vider la tête.

Je m'entends encore crier contre le vent pour me jeter toute habillée dans l'eau, luttant contre la force des vagues et levant les bras au ciel comme un signe à tous ceux partis trop tôt.

Puis c'est le trou noir. Je ne sais pas exactement combien de temps je suis restée dans l'eau, comment j'ai finalement rejoint la plage, ni combien d'heures se sont écoulées avant que je sente ses bras m'entourer tandis que le ciel se sublimait d'un ton orangé et que le soleil disparaissait lentement à l'horizon. Il ne dit pas un mot et se contenta de m'envelopper dans une serviette et de me serrer fort. L'euphorie que j'avais ressentie depuis mon coup d'éclat s'était évaporée et les larmes avaient commencé à couler. Je m'étais crue si forte que la chute n'en était que plus violente. Comment avais-je pu penser que je pouvais quitter tout ce que j'avais réussi à construire.

— Pourquoi m'ont-ils abandonnée ? avais-je réussi à soupirer entre deux sanglots.

Je décidai de tout expliquer à Bastien alors que jusque-là je m'étais contentée de lui dire que c'était ma grand-mère qui m'avait élevée. Il n'a jamais cherché à vouloir en savoir plus. Il a toujours respecté ma pudeur, a accepté de ne pas tout connaître de mon histoire. Mais je sentis le besoin ce soir-là de partager enfin avec lui ce lourd fardeau. Je décidai de mettre des mots sur cette tragédie pour permettre d'apaiser un peu mon cœur meurtri et de donner du sens à ce qu'il s'était passé à l'agence. Il m'écouta attentivement, ne cessant de me tenir contre lui. Je vis dans son regard combien il me promettait d'être là quoiqu'il arrive, sans condition. Je remarquai également qu'il était particulièrement ému et j'eus l'impression qu'il partageait ma peine.

Je m'endormis dans ses bras et ne me réveillai qu'aux premières lueurs du matin. Bastien se tenait toujours assis et je compris qu'il n'avait pas fermé l'œil de la nuit. Il avait été là pour moi encore une fois, sans rien demander en retour, comme il le faisait depuis toujours.

Le jour de la rentrée en première année à l'Ecole nationale supérieure d'architecture de Paris-Val de Seine, j'errais à la recherche de ma salle de cours et il m'avait accompagnée dans les dédales de couloirs sans s'inquiéter s'il allait être en retard. Nous nous étions rencontrés quelques jours plus tôt lors de la visite du campus. Il était en troisième année et servait de guide aux jeunes bacheliers. Il avait su nous rassurer en nous contant des anecdotes amusantes et en nous décrivant avec passion comment l'architecte Frédéric Borel avait réhabilité cette ancienne usine d'air comprimé pour créer un édifice atypique organisé comme une ville avec des rues intérieures, des passerelles et des terrasses. Nous avions emprunté l'escalier en colimaçon de l'ancienne cheminée en brique rouge et il m'avait fait découvrir l'impressionnante bibliothèque.

— Tu devras en lire environ cent par semaine si tu veux épuiser le catalogue d'ici la fin de tes études.

— Tu oublies les 5000 mémoires de séminaires et de projets de fin d'étude, avais-je répondu avec sérieux.

— J'avoue que j'ai plus épluché la liste des bières du *Frog* ces deux dernières années. C'est un pub à quelques rues d'ici. *The Frog and British Library*, avait-il précisé dans un anglais parfait.

Je pris conscience que je n'avais pas réfléchi une seconde à ce que cette nouvelle vie d'étudiante dans une ville que je découvrais pouvait m'offrir. Je n'avais pensé qu'à la chance que j'avais eue de pouvoir intégrer cette école dont je rêvais depuis mon entrée au lycée, de l'importance d'honorer la mémoire de ma grand-mère qui avait épargné afin de me permettre d'avoir le choix de mes études sans que j'aie à m'inquiéter de les financer. Et d'ailleurs, je suis restée investie et concentrée sur le travail pendant mes cinq années d'études, trop sans doute.

Je ne me suis autorisée que rarement à souffler. Je n'ai pas vraiment profité des moments d'insouciance que mes camarades n'hésitaient pas à vivre pleinement. Je les accompagnais au *Frog,* mais ne m'éternisais pas, trouvant toujours une excuse pour m'éclipser et rejoindre la bibliothèque ou ma chambre d'étudiante afin de peaufiner des projets ou dévorer des ouvrages d'architecture, d'urbanisme et d'histoire de l'art. Bastien parvenait parfois à me kidnapper pour rejoindre nos amis à une soirée, mais je restais souvent bien sage, ne buvant pas trop, refusant de fumer et préférant rester assise à discuter, ne sachant pas comment occuper la piste de danse. Je me trouvais ennuyeuse et bien trop raisonnable. Pourtant, ce jeune homme, un peu maladroit, mais solide comme un roc, est rapidement devenu mon meilleur ami. Il ne fit jamais de commentaire sur cette vie d'ermite que je m'étais imposée.

Jamais il ne me donna l'impression qu'il attendait plus de notre relation, quand tous pensaient que nous étions en couple. Nous étions la preuve qu'une amitié fille-garçon sincère et sans ambiguïté était possible. Il y eut bien ce soir particulier de juin 2015 qui aurait pu tout faire basculer, mais je crois que ni l'un ni l'autre ne souhaiterait aujourd'hui qu'il en fut autrement de notre relation.

Je venais de valider brillamment ma Licence et lui son Master, ce qui signifiait la fin de son parcours universitaire et l'entrée dans la vie active tandis qu'il me restait encore deux ans d'étude. Il allait partir pour deux mois de stage à Montréal avant d'intégrer un cabinet d'architectes parisien. Nous étions tellement heureux de nos réussites. Mais nous savions que rien ne serait plus jamais comme avant. Nous n'allions plus pouvoir nous retrouver à la cafétéria pour boire un café, passer des heures à choisir le prochain film que nous irions voir, discuter du dernier bouquin que nous avions lu, ou refaire le monde encore et encore.

Ce soir-là, la tristesse de savoir que j'allais le perdre avait pris le dessus et j'avais bu, beaucoup bu. Ma retenue naturelle avait disparu et je m'étais déchainée sans suivre le rythme de la musique qui s'échappait des baffles. Bastien avait tenté de me raisonner, mais mon cerveau n'était plus en mesure de l'entendre. Mon corps avait besoin de transpirer la douleur de perdre encore un être cher et je ne contrôlais plus ni mes gestes, ni mes paroles. Je l'avais accusé de m'abandonner, l'avais frappé en le traitant d'égoïste et de sadique. Comment pouvait-il m'avoir offert son amitié pour la reprendre ainsi me laissant seule à nouveau ? Il avait tenté de me rassurer en m'assurant que rien ne changerait, qu'il serait toujours là pour moi et que nous allions continuer à nous voir le plus souvent possible.

— Il y a 6 475 622 111 personnes dans le monde. Six milliards de personnes, six milliards d'âmes, mais parfois vous n'en avez besoin que d'une seule à vos côtés.

J'avais prononcé cette phrase sans bégayer, la voix voilée par l'alcool et la peine. Je l'avais regardé droit dans les yeux, espérant sans doute que cela parviendrait à rassurer mes angoisses, mais pour la première fois, j'y avais vu le reflet de mes craintes.

— Si tu m'aimes, reste auprès de moi. Ne pars pas faire ce stage au Canada.

Je m'étais rapprochée de lui et avais tenté de l'embrasser. Mais il m'avait brusquement soulevée du sol, installée sans ménagement sur son dos et m'avait raccompagnée chez moi sans un mot.

Nous n'en avons jamais reparlé et il a tenu sa promesse. Malgré la distance, malgré son travail, nous sommes restés très proches et complices. Plus jamais je n'eus le sentiment que nous pouvions être chose que ce que nous étions devenus, deux âmes sœurs que rien ne pourrait séparer.

Ce sentiment d'amour pur et innocent, je le ressentis de nouveau sur la plage tandis qu'il prit enfin la parole :

— Le plus dur, quand on voit quelqu'un qu'on aime souffrir, c'est de ne pas être en mesure de faire quoique ce soit, excepté de ne pas accentuer sa peine. Je sais que je ne peux pas changer le passé qui t'a tant blessée. Mais je te promets que je serai à tes côtés, jour après jour. Deviens ce que tu es, sans crainte. Je ne t'abandonnerai pas.

Nous avons ensuite repris la route sans que je sache comment il avait fait le trajet à l'aller et nous sommes rentrés à Bordeaux. Les cinq jours suivants, il est resté à mes côtés, patiemment. Il est retourné à l'agence et m'a défendue pour éviter que je sois licenciée. Il m'a laissée pleurer et me perdre des heures dans des monologues interminables dans lesquels je ne cessais de ressasser ma discussion avec Coline. Il a cuisiné mes plats préférés, a concocté une playlist de mes chansons fétiches, a supporté de visionner pour la centième fois des épisodes de séries qui me bouleversent...

Il m'arrive parfois encore de l'observer en me demandant comment il peut à ce point me connaître et par quelle magie il parvient à chaque fois à me protéger et me sauver de mes propres démons. Depuis la disparition de ma grand-mère, il est mon pilier, mon repère. Et aujourd'hui, il sait que je suis en mesure d'avancer, il a perçu que j'ai enfin la force de faire le premier pas sans la carapace qui m'a freinée jusque-là. J'ai osé me révéler, je ne peux plus faire machine arrière. Je n'ai plus peur de l'avenir. Je n'ai rien gâché. Au contraire.

CHAPITRE 3

J'attends, anxieuse, dans le bureau de Coline. Je sais que je lui dois une explication et j'espère que je trouverai les mots. Je ne veux pas par contre qu'elle croie que je vais me plier à ses exigences et à ses caprices comme je le faisais auparavant. J'ai conscience d'avoir dépassé les bornes, mais finalement, ce jour-là, je n'ai été que son miroir. Si je l'ai vexée, c'est uniquement parce que ce qui peut nous déranger chez l'autre c'est quelque chose qu'on a en nous. J'essaie d'élaborer une stratégie quand une voix ferme et froide me sort de mes pensées.

— Bonjour mademoiselle Ramier.

— Bonjour Madame. Merci d'accepter de me recevoir. Je sais que votre temps est précieux et…

— Effectivement il l'est. Votre ami Bast…, Mr Muller, a parfaitement plaidé pour votre défense, mais cela ne suffit pas. J'attends donc de vous des excuses pour vos propos inadmissibles. Vous comprenez bien que je ne peux pas laisser planer le moindre doute à l'agence. Il ne faudrait pas que les collaborateurs et les jeunes stagiaires puissent imaginer une seconde que ce type de comportement est permis ici. Il suffirait que je claque des doigts pour que vos rêves de grande carrière se brisent.

Je respire lentement pour ne pas rentrer dans son jeu car je sais très bien que c'est exactement ce qu'elle attend. Elle espère sans doute que je perde mon sang froid pour m'achever et reprendre le pouvoir. Je refuse de lui offrir ce plaisir. Je plante mon regard dans le sien et je prie pour que ma voix ne tremble pas.

— Je n'étais pas moi-même l'autre jour. J'ai laissé mes émotions prendre le dessus et je vous prie de m'excuser. Je n'arrive pas vraiment à me souvenir de ce que je vous ai dit exactement, mais je sais que c'était inapproprié. J'avais énormément travaillé pour le projet de la clinique et j'étais triste et déçue que cela ne convienne pas à vos attentes. C'était aussi un jour particulier. Le 22 juillet est une date douloureuse pour moi. Je n'aurais toutefois pas dû laisser ma peine se transformer en colère.

— En furie serait plus approprié.

Coline semble réfléchir un instant. Je ne sais quoi répondre. Je crains qu'aucune tentative d'explication ne pourra suffire à la satisfaire. Un malaise est palpable dans la pièce et je ne sais plus quelle attitude adopter. Je sais juste que je ne pourrai pas me résoudre à la supplier. Si elle décide de me renvoyer, je partirai sans esclandre.

— Je sais ce que c'est que de perdre des proches et à quel point la douleur peut parfois nous submerger.

Coline a presque chuchoté. Vient-elle vraiment de prononcer cette phrase ou est-ce le fruit d'une hallucination ? Je relève la tête et comprends aussitôt que je n'ai pas rêvé en découvrant ses yeux brillants qui se sont adoucis tout à coup.

— Je sais aussi qu'il est important de faire le deuil du passé et je pense que vous n'avez pas fait la paix avec le vôtre. Je ne peux donc pas vous laisser revenir travailler.

— Je comprends.

Je suis complètement désarçonnée. Je ne m'attendais pas à une telle tirade de sa part.

— Je ne vous renvoie pas Victoire, mais je ne pourrai pas vous laisser revenir au bureau tant que vous n'aurez pas vu le médecin de la Santé au travail. Et je ne peux que vous conseiller de vous orienter également vers un suivi psychologique.

— Je ne suis pas folle ! J'avais juste besoin de prendre un peu de recul.

— Il est parfois difficile de parvenir seule à mettre de l'ordre dans sa vie, croyez-moi. Ce n'est pas un signe de faiblesse que d'accepter de demander l'aide. Faites-le, avant que les fantômes du passé ne vous hantent définitivement et que vous ne puissiez plus agir sur votre propre destin.

— On ne peut rien changer au destin. Enfin, c'est ce que me disait souvent ma grand-mère.

— Et bien elle avait tort. On est tous maître de notre destin. Soyez la capitaine de votre âme Victoire. La vie en effet va vous défier sans cesse. Mais au final, ce sont vos choix qui vous définiront.

— La vie m'a trop de fois confrontée à la mort pour que je puisse croire en mon pouvoir de la contrôler.

— Quelqu'un m'a dit un jour que la mort n'est pas la pire chose dans la vie. Le pire, c'est ce qui meurt en nous quand on vit. Et vous avez prouvé, un peu maladroitement certes, que vous avez encore cette pulsion de vie en vous. Saisissez cette chance. Je vous garde votre place parmi nous si vous me promettez d'aller vous confronter à votre passé et de revenir plus sereine, plus forte. Je ne voulais pas vous vexer lorsque j'ai qualifié votre travail de croquis d'enfant. Vous êtes talentueuse Victoire ! Mais vos dessins ne reflètent pas votre potentiel. La femme qui sommeille en vous est comme cachée derrière l'ombre de la petite fille que vous étiez. Prenez la lumière !

J'ai soudain la gorge nouée et je tente de freiner les larmes qui se fraient un chemin. J'ai envie de lui dire que ce ne sont pas ses affaires, qu'elle ne me connaît pas et que je ne peux pas la laisser faire de telles hypothèses sur mon identité et mon vécu. Mais la vérité, c'est qu'elle a visé juste. En plein dans le mille. Chacun de ses mots est venu résonner avec mon histoire. Et je n'ai plus envie de lutter. Je me suis promis de ne plus laisser mon passé prendre le pas sur mon présent et ne laisser aucune chance à mon futur. Je ne sais pas ce qui m'attend, mais il va bien falloir que je me lance si je veux pouvoir saisir la chance que m'offre Coline. Elle vient finalement de verbaliser ce que je me refusais encore d'admettre.

Je suffoque après des années d'apnée. J'ai tenté d'oublier mon passé, je l'ai enfoui, mais il remonte à la surface comme pour prendre sa respiration et je ne peux plus l'ignorer. Je dois l'apprivoiser pour en faire un allié.

— Ce n'est pas un ultimatum, ajoute-elle. C'est une promesse que j'espère de vous quand vous sortirez d'ici. Je crois en vous Victoire. Ne me décevez pas.

Cette dernière phrase m'aurait crispée auparavant. Je sais aujourd'hui que c'est sa façon à elle de me montrer qu'elle croit en moi. Je comprends que son agressivité est un modus operandi un peu maladroit pour montrer l'intérêt qu'elle porte aux gens qu'elle apprécie. Elle aussi sans doute tente au mieux de faire cohabiter la femme qu'elle souhaiterait être avec celle blessée qui partage son inconscient. Elle a su ouvrir son armure et me laisser entrevoir ses propres failles et fêlures. J'ai le pressentiment que nos histoires ont frôlé les mêmes abîmes. Est-ce parce que nos sensibilités ont grandi sur des chemins similaires que j'ai été autant touchée par son travail et eu l'envie d'intégrer son équipe ?

Je m'interroge tout de même :

— Pourquoi moi ? Pourquoi me laisser une chance ?

— Parce que vous le méritez.

— Et pas les autres ?

— Vous imaginez que j'ai agi différemment avec les stagiaires qui se sont succédé ici ?

— Que voulez-vous dire ?

— Pensez-vous que je les aurais laissés partir si j'avais pensé que leur place était ici ?

— Vous avez donc préféré les briser plutôt que de leur laisser une chance ?

— Je reconnais que mes paroles ont parfois été dures, mais c'était pour leur propre bien.

Je devrais sans doute me taire et m'estimer chanceuse qu'elle ait décidé que je puisse bientôt revenir travailler ici, mais j'ai besoin de comprendre.

— Qu'est-ce qui vous permet de décider de notre avenir ?

— Je n'ai jamais décidé pour eux. Personne ne les a forcés à démissionner.

— Comment auraient-ils pu rester après avoir subi l'humiliation ?

— Je n'ai pas à me justifier de mes méthodes de travail. Je pense sincèrement que vous pourriez vous épanouir avec nous et réaliser de très beaux projets, mais vous êtes libre Victoire. Vous pouvez aussi décider de partir.

— J'essaie juste de comprendre. Comment pouvez-vous m'encourager à m'accrocher à mes rêves et...

— Et anéantir ceux des autres ?

— Les faire douter en tout cas.

Coline esquisse un sourire et se saisit d'un cadre posé sur son bureau. Elle prend quelques secondes pour observer la photo qu'il contient et me le tend. Une petite fille, installée sur les genoux de son père, est en train de dessiner les plans d'une maison semble-t-il.

— Mon père a créé cette agence l'année où je suis née. Il a fallu qu'il se démène pour convaincre des entreprises et des particuliers de lui faire confiance. J'ai passé des journées entières ici bébé car mes parents n'avaient pas les moyens de payer une nourrice. Puis je venais tous les soirs après l'école pour faire mes devoirs jusqu'à ce que je rentre à l'école d'architecture. J'ai vu défiler des dizaines de collaborateurs, des centaines de stagiaires. J'ai passé des heures à analyser des croquis et à dessiner des plans pour des projets imaginaires. Je n'ai pas le don de prédire l'avenir, mais je pense que je sais rapidement reconnaître si quelqu'un est fait pour ce travail ou non.

— Pourquoi ne pas les accompagner dans cette prise de conscience au lieu de les attaquer frontalement ?

— Parce qu'il faut souvent un électrochoc pour accepter la réalité. Le métier d'architecte est très concurrentiel et exigeant. Et tout ne s'apprend pas à l'école. Il faut une part de génie pour faire la différence. Et qu'est-ce qui vous dit que je les ai abandonnés une fois partis d'ici ?

— Comment ça ?

— Comme je viens de le faire avec vous, j'ai à chaque fois revu individuellement les stagiaires démissionnaires. Souvent, je les ai réorientés vers d'autres types d'agences au profil différent de la nôtre ou vers des postes d'ingénierie du bâtiment par exemple. Certains m'ont avoué eux-mêmes qu'ils s'étaient trompés de voie, qu'ils avaient suivi les conseils de leurs parents ou de professeurs, mais que leur choix de carrière était tout autre.

Je suis complètement abasourdie par cette révélation et même si je reste choquée par la méthode, je commence à comprendre. Coline a à cœur de faire vivre l'agence de son père. Elle est sans doute aussi exigeante avec elle-même qu'elle l'est avec les personnes qui travaillent ici. Et sans doute pense-t-elle que la pression permet à chacun de se surpasser. Pourtant, je ne peux pas totalement adhérer à ce management d'équipe.

— Je pense que vous ne perdriez pas de votre charisme en ayant une attitude plus bienveillante au quotidien. Je ne suis pas certaine que la peur nous permette de révéler notre potentiel. Au contraire, je suis persuadée que nous pourrions nous dépasser d'autant plus si nous n'avions pas l'impression d'avoir constamment une épée de Damoclès au-dessus de la tête.

Elle ne répond pas, mais j'ai le sentiment qu'à mon tour j'ai visé juste. Elle reprend le cadre et le repose devant elle à la place exacte où il était posé.

— Je vous remercie de votre honnêteté Victoire. Il faut peut-être que je cesse de mon côté de me comporter comme le faisait mon père. Je n'ai sans doute pas non plus encore accepté totalement de ne plus laisser le passé décider et agir pour moi...

Coline se lève brusquement et se tourne vers la baie vitrée. Son regard semble se perdre sur la Garonne.

— J'espère que vous serez en mesure de revenir rapidement. Nous aurons besoin de vous pour finaliser le projet. Sinon, je serai obligée de le confier à quelqu'un d'autre, dit-elle sans me regarder.

Sa voix a repris un ton plus formel et je comprends que notre échange s'arrêtera là. J'ai l'impression d'avoir vécu un moment un peu surréaliste et je me mets presque à douter que tout cela se soit réellement passé. Je me lève à mon tour, et m'apprête à sortir de son bureau :

— Je reviendrai, je vous le promets.

Coline reste dos à moi mais je sais qu'elle sourit.

Je croise Bastien dès que je pénètre dans l'open space et il me pousse jusqu'à une salle de réunion désertée.

— Comment ça s'est passé ? Qu'est-ce que vous avez bien pu vous dire pendant vingt minutes ? Je commençais à m'inquiéter. J'étais prêt à ouvrir la porte pour vérifier que vous ne vous étiez pas entretuées.

Je n'ai pas envie de lui dévoiler la teneur de nos échanges et même si je le voulais, je ne suis pas sûre que je parviendrais à relater précisément notre discussion.

— Tout va bien Bastien. Étonnamment bien même, ne t'inquiète pas. Je vais partir. J'ai des choses à régler. Mais je t'appelle, promis.

Je fais demi-tour pour m'en aller quand il me retient par le bras.

— Tu t'en vas ? Mais combien de temps ?

— Je ne sais pas vraiment.

Je l'embrasse sur la joue, lui dis une dernière fois de ne pas s'inquiéter, que j'ai juste besoin d'être seule et je disparais de l'agence. Il m'interpelle depuis une fenêtre alors que je sors de l'immeuble :

— Et tu pars où ?

— Je rentre chez moi Bastien.

CHAPITRE 4

Dans le tram en direction de mon appartement, je cherche sur mon téléphone comment rejoindre Lyon au plus vite. Cela me semble tout à coup à l'autre bout du monde. Je panique à l'idée de partir en voiture. Je suis parfois prise de crises d'angoisse lorsque je conduis sur des routes que je ne connais pas et c'est souvent Bastien qui prend le volant lors de nos déplacements. Mais là, je ne peux pas encore une fois m'autoriser à lui demander de m'accompagner. Et je ne me vois pas passer six heures avec des inconnus en covoiturage. Il faut que je parte seule.

Je regarde ensuite les trajets en train. Aucun trajet n'est direct, je serais obligée de passer via Paris et les grèves qui paralysent la SNCF et la RATP me font craindre un voyage chaotique. Je me résous finalement à vérifier les prochains vols au départ de Mérignac : il reste des places sur un vol dans trois heures. Si je fais vite, je peux sans doute arriver assez tôt à l'aéroport pour embarquer.

Je m'apprête à finaliser l'achat quand je relève les yeux et m'aperçois que je suis arrivée à mon arrêt. Je parviens à sauter hors du tramway avant que les portes ne se referment. Je m'assois sur un banc sous le panneau « Place Paul Doumer ». Est-ce raisonnable de partir ainsi sur un coup de tête juste parce que Coline m'a conseillé de faire le point sur ce passé qui m'étouffe ? Peut-être que quelques jours de repos suffiraient à me remettre sur pied.

Un chant d'oiseau attire mon attention. Alors que j'observe l'animal se poser sur une branche, je réalise qu'il est temps pour moi aussi de retrouver mon nid. Mon enfance m'attire comme un aimant et je ne peux pas ignorer cet appel qui me saisit aux tripes. Je prends une grande inspiration et appuie d'un doigt tremblant sur le bouton valider.

Je cours jusqu'à mon appartement ; il n'y a plus une minute à perdre. J'arrive essoufflée devant le 96 de la rue Frère et le ronronnement de Lune dans mes jambes à la porte d'entrée me permet de m'arrêter quelques instants pour donner un peu de répit à mes poumons en feu.

— Je vais partir mais je reviens vite ma belle. Prends soin de Maddie pendant mon absence.

J'habite au 1er étage d'une petite maison que Madeleine a décidé de transformer en appartement à la mort de son mari pour n'occuper que le rez-de-chaussée. A 80 ans, elle est encore en pleine forme. Mais je ne peux m'empêcher de passer la voir tous les jours pour prendre des nouvelles ou lui demander si elle a besoin de courses. Elle me rappelle ma grand-mère et c'est sans doute moi qui ai le plus besoin d'elle. Nous avons passé des heures à papoter autour d'un thé et de cannelés dont elle garde la recette secrète. Elle est toujours de bons conseils et j'aimerais tellement d'aller lui parler de ce que je m'apprête à faire, mais je ne veux pas prendre le risque de rater mon avion. Je vais lui laisser un mot et lui raconterai tout à mon retour.

Je remplis ma valise sans trop savoir de quoi j'aurai vraiment besoin. Je réalise en comptant le nombre de culottes que je suis en train de ranger que je n'ai pris qu'un billet aller et que je ne sais pas exactement combien de jours je pars. Je vide donc l'intégralité du tiroir. J'hésite à emporter aussi des draps et de quoi manger. Je ne sais pas ce que je trouverai dans la maison. Grand-mère n'a jamais pu se résoudre à la vendre. Elle y retournait parfois, en espérant sans doute qu'en grandissant, j'allais finir par accepter de l'accompagner. Depuis son décès, des voisins s'assurent de la maintenir propre en échange du jardin qu'ils ont transformé en potager. Il faudra d'ailleurs que je les appelle pour les prévenir de mon arrivée.

Je ferme ma trousse de toilette lorsque quelqu'un toque à la porte.

— Vic, t'es là ?

Je me doutais que Bastien ne me laisserait pas partir sans tenter d'en savoir plus et même si je ne suis pas sûre de parvenir à lui expliquer précisément les raisons de mon départ, je ne peux pas partir sans lui parler. J'ouvre la porte et son regard se fige sur ma valise posée à mes pieds.

— Tu pars vraiment...

— Il le faut Bastien.

— Tu rentres à Lyon ? Tu abandonnes tout ici pour quoi au juste ? me demande-t-il après quelques secondes, le regard toujours baissé.

Son ton est presque agressif et me surprend.

— Je n'abandonne rien. J'ai juste besoin d'y retourner pour essayer de comprendre. Je vais revenir.

— Et tu comptes trouver quoi Vic ?

— Je sais pas trop. Je sais juste qu'il faut que j'y aille. Je peux pas continuer à faire comme si les six premières années de ma vie n'avaient pas existé.

— Tu penses vraiment qu'une vieille maison t'aidera à comprendre qui tu es ?

— Je l'espère...

— Et si c'était l'inverse ? me demande-t-il en relevant la tête.

Ses yeux sont sombres.

— Qu'est-ce que tu veux dire ? Pourquoi ça te met si en colère que je veuille retourner dans la maison de mes parents ?

— Je ne suis pas en colère. Je suis juste pas sûr que tu trouveras les réponses que tu cherches. Si ta grand-mère a décidé d'en partir, c'était justement pour t'éviter d'être confrontée sans cesse à ton passé.

— Non c'est faux. Elle a toujours voulu qu'on y retourne ensemble dès mes 12 ans. C'est moi qui ai refusé à chaque fois.

— Alors pourquoi maintenant ?

— Je peux pas expliquer pourquoi. Il ne t'est jamais arrivé de faire quelque chose que personne ne pouvait comprendre à part toi ? Tu as bien quitté Paris pour venir ici sans raison.

— Tu sais très bien pourquoi je suis venu ici, répond-il la voix plus douce.

— Je sais aussi que notre amitié aurait sur- vécu à la distance. Rien ne t'obligeait à déména- ger. Tout le monde te disait que c'était insensé et pourtant tu l'as fait.

— Touché...Mais laisse-moi t'accompagner.

— Non Bastien. Pas cette fois. C'est quelque chose que je dois faire seule. Je ne peux pas me reposer sur toi à chaque fois.

Il me prend dans ses bras comme il en a l'ha- bitude. Et comme d'habitude, je suis tout de suite apaisée. Je ne peux pas nier que je suis plus se- reine quand il est à mes côtés et que ce serait sans doute plus facile s'il était avec moi lorsque je me retrouverai à Lyon.

— Je serai toujours là, peu importe ce que tu trouves là-bas. Rien ne pourra briser ce que nous avons construit ensemble. J'espère juste que tu comprendras...

Je me défais de son étreinte pour essayer de lire dans ses yeux ce qu'il veut dire par cette phrase.

— Tu te souviens quand je t'ai dit que ce n'était pas un hasard si tu as décidé de t'installer ici il y a trois ans ?

— Comment ça ? Ici à Bordeaux ?

Il se contente de me sourire mais son regard reste rempli de mystère.

— Promets-moi juste de garder une place pour moi là, peu importe la Vic que tu vas retrouver là-bas, me dit-il en posant sa main sur mon cœur.

— Rien ne me changera au point de ne plus vouloir de toi dans ma vie. Tu me laisses la liberté d'être moi-même. Rien ne pourra détruire ce qui nous unit.

— Je l'espère. Appelle-moi, souffle-t-il avant de m'embrasser sur le front et de me laisser seule sur le pas de la porte.

Je repense à son histoire de signe et de hasard. Pourquoi ai-je le sentiment qu'il en sait plus sur moi que moi-même ? A-t-il décodé des secrets lors de nos discussions sans que je n'en ai moi-même conscience ? A-t-il enquêté sur ma famille en cachette ?

Je m'apprête à le rattraper dans les escaliers puis me ravise. Je sais que je peux avoir confiance en lui. Jamais il n'aurait fait quelque chose qui pourrait me blesser. Je ne peux sans doute pas avoir les réponses tout de suite et c'est peut-être mieux. Je ne dois pas me laisser envahir par le doute.

— Bon vol !

La voix du chauffeur de taxi me sort de mes pensées. Je ne me souviens même pas être sortie de la voiture. Je me vois ensuite attraper ma valise et me diriger vers l'entrée de l'aéroport. C'est comme si j'étais extérieure à mon corps. Celui-ci agit et avance pour moi, mais mon esprit est déconnecté de mon squelette. Mes jambes avancent un pas après l'autre et je me laisse guider.

Soudain, je me retrouve au sol et reprends conscience.

— Et merde !

Des dizaines de partitions sont éparpillées autour de moi et une ombre s'agite pour tenter de les ramasser avant qu'elles ne s'envolent. A mon tour, je les attrape pour les remettre en ordre.

— Je suis vraiment désolée, j'avais la tête ailleurs, essayé-je de m'excuser, en tendant le tas de feuilles vers leur propriétaire qui se retourne vers moi.

— Pense à lever les yeux la prochaine fois. Le ciel est bleu, c'est toujours plus sympa que le gris fade du trottoir.

Je suis éblouie par le soleil et baisse les yeux vers le sol avant de relever la tête doucement pour découvrir l'hôte de cette voix comme cassée par l'abus de cigarettes. Une paire de Converse rouge, un jean délavé et troué au genou, une ceinture en cuir et un tee-shirt à l'effigie de Bob Dylan habillent le corps long et fin d'un jeune homme au visage mal rasé. Une casquette de baseball vissée sur la tête laisse apercevoir des cheveux bruns bouclés. Je découvre ensuite un regard noisette espiègle qui confirme que c'est bien l'individu qui vient de me parler.

— Désolé. Je...

— Hey, Oxy, quand t'auras fini de draguer, tu viendras nous aider avec le matos...

Trois garçons au style similaire sont en train de décharger des étuis d'instruments de musique d'une vieille camionnette et nous observent. Gênée, je tends une nouvelle fois les partitions.

— Merci, se contente-t-il de me répondre en les récupérant avant de rejoindre ses amis.

Sa démarche nonchalante me fait sourire malgré moi. Y-a-t-il une recette pour parvenir à se déplacer comme si rien n'avait d'importance ? Je me demande à quoi ressemble la vie de ces quatre garçons qui ont à peu près mon âge et vers quelle destination ils vont s'envoler. Partent-ils en vacances ou rejoignent-ils la scène de leur prochain concert ? Je suis presque envieuse de les voir rire entre eux. Je leur emprunterais bien un peu de l'insouciance qui se dégage d'eux. Est-ce que je parviendrai un jour moi aussi à juste profiter de l'instant, à ne pas donner plus d'importance qu'elles en ont aux mésaventures de la vie ? J'essaie d'imaginer quelle aurait été ma réaction si quelqu'un m'avait bousculée de la même manière. J'aurais sans doute râlé, accusé le destin de s'acharner sur moi et serais repartie en bougonnant.

Je regarde une nouvelle fois celui qui s'est contenté de répondre avec philosophie à ma bousculade en espérant peut-être lui voler un peu de sa désinvolture. Il détourne le regard dans ma direction et me sourit en me faisant un signe de la main. Je lui rends son sourire timidement et m'empresse de me saisir de ma valise et de disparaître dans l'aéroport.

Moi qui avais peur d'être en retard, j'ai finalement plus d'une heure à attendre encore avant de pouvoir embarquer. Je sors mon téléphone portable et commence à rédiger un message pour Bastien puis l'efface finalement. J'erre ensuite dans les magasins de la zone Duty free, achète un magazine pour le vol et m'assois pour boire un thé en branchant mes écouteurs sur mes oreilles. Je lance ma playlist et me laisse bercer par les titres de Bruce Springsteen, Damien Rice et Ray La

Montagne. Je feuillette le magazine *Art et Décoration* puis je sors mon carnet de croquis et commence à dessiner une maison, *La maison*.

À chaque fois que j'esquisse quelques traits sans réfléchir, c'est toujours la même qui apparaît sous la mine de crayon : une bâtisse de deux étages avec un porche d'entrée surélevé auquel on accède par un escalier de trois marches. A côté de la porte d'entrée, une balancelle est suspendue à une terrasse qui file sur toute la longueur du premier étage et dessert deux portes fenêtres. Le deuxième étage laisse apparaître quatre fenêtres dont deux en bow-windows. J'ai toujours adoré ces maisons de style british un peu rétro. J'ajoute un mur clos tout autour du terrain.

Je range le carnet dans mon sac et jette un œil au panneau d'affichage. La porte d'embarquement a enfin été précisée pour mon vol mais je lis surtout l'heure indiquée au-dessus. Il est 14H55 et l'embarquement prend fin à 15h00. Je me presse donc pour rejoindre la porte 11 et arrive in extrémis pour présenter mon billet et ma pièce d'identité avant d'emprunter la passerelle jusqu'à l'appareil. Je m'en veux de ne pas avoir été plus vigilante, un peu plus et je ratais mon avion. Je suis la dernière à embarquer. Un stewart m'indique d'un geste où se trouve ma place et j'avance dans l'allée puis range mon sac à dos dans le compartiment au-dessus du siège 8B.

— Tu préfères peut-être la place à côté du hublot pour profiter du ciel bleu ?

Je reconnais immédiatement cette voix et découvre mon punching ball humain assis sur le siège à côté du mien. Je reste figée quelques secondes jusqu'à ce qu'une hôtesse de l'air m'invite à prendre place. J'aperçois les trois autres musiciens, assis quelques sièges plus loin déjà en train de dormir.

— Non ça va, merci. Le vol n'est pas si long.

— Je ne me lasse jamais de la mer de nuages. Depuis que je suis gosse, j'ai toujours trouvé ça magique. Moi, c'est Oxy, ajoute-t-il en me tendant la main.

— Victoire, enfin Vic, dis-je en la lui serrant.

Mal à l'aise, je me relève pour aller chercher le magazine dans mon sac à dos, me rassois et fais semblant de lire. Je sens son regard sur moi et n'ose pas détourner les yeux. Finalement, le vol risque de me sembler bien long.

CHAPITRE 5

Le décollage a pris quelques minutes de retard et pourtant j'ai l'impression que cela fait déjà une éternité que je lis et relis la même page. J'aperçois du coin de l'œil la main d'Oxy battre en rythme sur sa cuisse et ne parviens pas à me concentrer.

— Perso, j'ai fini de lire, tu peux tourner la page quand tu veux.

Je ne peux m'empêcher de rire discrètement. Décidément, il a l'art de détendre l'atmosphère rapidement en quelques mots. Je me tourne vers lui, hésitant encore entre l'envie de lui rappeler combien il est impoli de lire par-dessus l'épaule de son voisin ou de lui demander ce qu'il a bien pu penser de l'extrait du mémoire de fin d'étude cité dans l'article.

— Très bien. Et tu as un avis sur le sujet ? finis-je par oser l'interroger en fermant le magazine.

Je sens immédiatement mes joues rougir et ne parviens pas à maintenir le contact visuel tant son regard est profond et intimidant.

— J'avoue que c'est un peu conceptuel, mais je suis assez d'accord avec le fait que « la couleur, composante de la morphologie urbaine, endosse différents rôles dans la structuration de l'environnement et que dans une optique de liaisonnement spatial, elle peut fédérer des éléments d'un ensemble bâti sur base d'un dénominateur commun de tonalité, assurant ainsi l'unité et la cohésion du lieu. »[1]

Je tourne de nouveau mon visage vers lui en me rendant compte qu'il vient de citer mot pour mot une phrase du mémoire.

— C'est vrai que j'ai toujours remarqué que le nuancier chroma...heu...

— La palette chromatique ?

— Ouais. Ben que la palette chromatique comme tu dis est très différente en fonction des zones dans une ville. Le centre historique par exemple est souvent dans des couleurs ternes...

— Minérales plutôt.

— Minérales, ouais minérales c'est exactement ça. Alors que dans les zones commerciales à l'extérieur...

— On dit plutôt...

— En périphérie ouais, peu importe. Et bien là, les couleurs sont souvent plus vives.

Je reste muette, choquée par l'analyse fine qu'il est parvenu à verbaliser en à peine quelques secondes.

— Tu as fait des études d'art ? finis-je par articuler.

---

[1] Extrait du mémoire « La couleur au service du logement social en milieu urbain », Étude de cas : l'assainissement de l'îlot Firquet à Liège » par Ludovic Wannez, université de Liège.

— Ah non pas du tout, je suis en médecine. Mais je me souviens, quand on était en tournée en Chine il y a quelques mois, qu'un guide nous avait parlé de l'importance apportée à l'harmonisation des couleurs dans les nouvelles zones de construction justement.

— Je vois...

J'essaie de rationaliser ces dernières informations, mais je ne parviens à pas à fusionner l'image du jeune homme qui se tient devant moi avec les éléments biographiques qu'il vient d'énoncer.

— T'es médecin ?

— Pas encore. Je suis en disponibilité depuis le début de l'année. Je reprends mon internat en pédiatrie en janvier. Il me reste encore deux ans d'étude.

J'hoche machinalement la tête pour laisser à mon cerveau le temps d'intégrer ces dernières données.

— Et toi ?

— Moi ?

— Tu es étudiante en art ?

— Non, j'ai fait une école d'architecture à Paris et j'exerce dans une agence à Bordeaux.

— Génial, ça doit être vraiment chouette.

Génial ? pensé-je. Il est en médecine, en tournée partout dans le monde avec son groupe de musique et il trouve génial un parcours aussi banal que le mien ? Je suis de plus en plus intriguée et me mets même à imaginer qu'il me mène en bateau.

Je m'apprête à l'interroger un peu plus sur ses études quand l'avion commence à prendre de la vitesse sur la piste pour le décollage. Son front se plisse tout à coup, son regard s'assombrit et ses mains cramponnent les accoudoirs. Il ferme les yeux et semble se concentrer sur sa respiration. Il passe sa langue sur ses lèvres. Puis celles-ci répètent deux syllabes indéchiffrables jusqu'à ce qu'enfin les roues de l'avion se détachent du tarmac pour laisser l'engin prendre de la hauteur.

— Ça va ?

— Ça va aller, me répond-il, comme s'il tentait de s'en convaincre lui-même.

Je continue de regarder son visage crispé. Alors qu'il dégageait une parfaite sérénité, celui-ci est désormais tendu et les veines gonflées de ses mains viennent confirmer le stress qui parcourt son corps. Je ne sais pas quoi dire ou faire tant ce changement est impressionnant. Mais mes mains viennent envelopper la sienne par réflexe, avant même que je n'ai pu l'anticiper et programmer consciemment un mouvement volontaire.

Nous restons ainsi quelques secondes avant que je sente ses muscles se relâcher et sa respiration reprendre un rythme normal. Il me regarde dans les yeux avant de les abaisser vers mes mains qui sont encore posées sur la sienne. Je les retire immédiatement dans un geste brusque et les repose sur le magazine posé sur mes genoux tout en détournant mes yeux droits sur le siège devant moi, me mordant les lèvres d'embarras.

J'entends déjà les réflexions de Bastien quand je lui raconterai cette anecdote, lui qui se moque souvent de mes maladresses dès qu'il s'agit des garçons. « Victoire prend l'avion ». Il va rapidement trouver l'inspiration pour alimenter sa réserve à vannes. J'ai pourtant eu de belles histoires, mais je me sens encore parfois comme une adolescente de série un peu niaise. Il faut dire qu'au fil des années, j'ai perdu confiance en moi. Même lorsqu'il s'agit simplement d'échanger avec un jeune homme de mon âge, je suis rapidement paralysée et ne sais pas comment rester naturelle.

Si Oxy me perturbe autant, c'est sans doute parce qu'il me rappelle un peu Oscar, mon premier amour. J'entrais en seconde et ne quittais pas ma meilleure amie Meghan, arrivée avec sa famille d'Angleterre deux ans auparavant. Dès notre rencontre au collège, nous avions eu un coup de foudre amical et faisions tout ensemble.

Oscar de presque deux ans son aîné ne cessait de nous provoquer : il était aussi brillant que sensible et il m'impressionnait. Mais lorsque nous le rejoignîmes au lycée, son regard sur moi changea et son attitude devint plus ambiguë, jusqu'à cette soirée de Noël lorsqu'il m'embrassa sous le gui. J'ai vécu toutes mes premières fois avec lui et notre histoire fut aussi belle que courte puisqu'il repartit en Angleterre à la fin de l'année scolaire pour intégrer la faculté d'Oxford afin de perpétuer la tradition familiale. Bien que nous nous étions promis de déjouer les statistiques concernant les relations à distance, les appels s'espacèrent et les textos se firent de plus en plus formels et succincts. Je le rejoignis pour fêter le réveillon, mais le baiser de minuit mit un terme à notre histoire.

A l'école d'architecture, je me laissai séduire par Valentin et Alexis. Ces aventures, encore aujourd'hui, me laissent un souvenir amer. Le premier se révéla être adepte de la polygamie et je m'en rendis compte bien trop tard malgré les alertes répétées de Bastien. Quant au deuxième, notre histoire fut aussi passionnelle que destructrice. Alexis était torturé et il me fallut des mois pour admettre que je ne parviendrais pas à le sortir de ses addictions. Nous avons passé deux ans à rompre et nous retrouver. Un soir d'hiver, sous l'effet des drogues, il se mit à accélérer sur une route de campagne sans vouloir ralentir, ne cessant de répéter que si nous mourions ensemble, il serait enfin libéré. Je dus le supplier à maintes reprises pour qu'il accepte enfin de se garer sur le bord de la route. Il m'abandonna au milieu de nulle part et c'est Bastien qui vint me chercher avec la ferme intention de le retrouver pour exaucer lui-même son souhait de disparaître. Mais ce dernier ne revint jamais à l'École et personne n'eut plus de nouvelle. Il me fut difficile de me remettre de cette histoire. Depuis mon arrivée à Bordeaux, je n'ai vécu qu'une courte aventure avec Marc, un stagiaire qui ne resta que quelques mois à l'agence. Je suis persuadée qu'Alexis a brisé quelque chose en moi et qu'il m'est difficile de faire à nouveau confiance. Bastien me dit souvent qu'il n'est qu'une excuse et que j'ai toujours choisi des garçons qui allaient me quitter, comme pour alimenter moi-même un schéma vécu depuis l'enfance. Il a sans doute raison et j'avance petit à petit pour essayer de sortir de ce cercle vicieux, mais ce n'est pas simple de parvenir à se faire violence pour ne pas refaire encore et encore les mêmes erreurs.

Ce qui me met hors de moi, c'est de ne pas être capable de vivre sans pression, sans imaginer que chacun de mes gestes ou paroles puissent avoir forcément une incidence et provoquer une réaction en chaîne qui finisse par me faire souffrir.

Oxy essaie simplement de faire la conversation, par politesse sans doute, sans autre motivation particulière. Et le geste que je viens d'avoir envers lui ne devrait pas signifier autre chose qu'un réflexe humain. Dans un peu plus d'une heure, nos chemins se sépareront et au lieu de craindre ce qui pourrait arriver ou ce qu'il pourrait bien penser de moi, je devrais simplement tenter de passer un bon moment en sa compagnie.

Oxy doit sentir mon malaise parce qu'il dégaine encore une fois son arme secrète :

— Merci pour le coup de main. Encore un peu et il aurait fallu sortir le masque à oxygène…

Je ris de bon cœur cette fois et rebondis sans trop réfléchir à ce que je risque en répondant à sa boutade :

— Oxy qui manque d'air, c'est quand même pas banal. Je comprends mieux d'où te vient ton surnom…

Il rit à son tour avant de me répondre :

— Pas mal ! C'est vrai que ça pourrait marcher aussi. En fait, c'est un surnom qui me suit depuis le lycée, depuis que notre prof de français de seconde me l'a affublé toute l'année. Ce n'est donc pas un raccourci pour Oxygène. C'est…

— Attends ! Laisse-moi essayer de deviner. Ton prof de français ? Hum…

Je trouve rapidement la réponse à cette devinette. C'est tellement évident que c'en est même troublant. J'imagine très bien quel adolescent il pouvait être au lycée. Déjà un peu bohème sans doute, mais tout autant curieux et intelligent. D'apparence indifférent au regard des autres, mais probablement hypersensible et empathique. Un médecin rock star, ce n'est à priori pas compatible. Pourtant je le vois parfaitement aussi crédible sur scène qu'un stéthoscope autour du cou. Un clown sérieux, un intellectuel instinctif, un jeune homme qui semble déjà avoir vécu des centaines de vie...

— Ravie d'avoir pu vous secourir Oxymore, conclus-je un grand sourire aux lèvres.

Il me sourit à son tour en m'applaudissant :

— Bien joué. Mon ambivalence est donc si évidente ? Moi qui espérais être un peu plus mystérieux, c'est raté.

— A vrai dire, je ne pense pas que quiconque ait encore pris pleinement conscience de la richesse de ton énigmatique personnalité... pas même toi !

— Je vais le prendre comme un compliment...

— Tu peux.

Pour la première fois, il perd un peu de son assurance. Il semble touché et presque intimidé. Mais je ne suis finalement pas surprise. Il ne cherche pas à cacher les différents éléments de sa personnalité ou à tenter de les dompter pour rester en adéquation avec ce que les autres attendent de lui. Je suis heureuse que le destin ait par deux fois mis sur ma route ce garçon qui me permet de ne pas trop anticiper ce qui m'attend lorsque nous aurons atterri. Nos chemins n'auraient jamais dû se croiser. Pourtant, je me mets à penser que ce n'est pas un hasard s'il est assis à côté de moi. Il est l'exemple même que tout n'est pas blanc ou noir, que l'on n'est pas destiné à rester figé dans une version unaire de nous-même. Au contraire, il faut accepter que l'on puisse être multiple. C'est finalement peut-être une force et non une faiblesse de paraître contradictoire. Sans tomber dans la pathologie d'un trouble dissociatif de la personnalité, il est sans doute sain, parfois, de laisser tous les pans de notre être s'exprimer sans tabou ou retenue.

— Qu'est-ce que j'ai gagné pour avoir trouvé ?

— Laisse-moi réfléchir...

— Je peux choisir moi-même ma récompense ?

Ses yeux malicieux traduisent que cette requête lui laisse imaginer une demande tendancieuse. Je le stoppe rapidement avant qu'il ne se fasse trop d'illusions sur mes intentions.

— J'aimerais connaître ta véritable identité, agent Oxy. Mais je promets de la garder pour moi et ne pas la révéler, même sous la torture.

Il s'assure que personne ne nous regarde, se penche vers moi et chuchote à mon oreille :

— Je suis l'agent spécial Thomas mais vous pouvez m'appeler Tom, Agent Vic.

Il se redresse sur son siège et je réplique en citant une réplique d'un film sur un célèbre agent secret français :

— « L'idée est que nous travaillons ensemble d'égal à égal. »[2]

— « On en reparlera quand il faudra porter quelque chose de lourd », complète-t-il en imitant à la perfection Jean Dujardin.

Nous éclatons de rire tous les deux et passons le reste du vol à citer nos livres, films et chansons préférés. Lorsque le pilote annonce la descente vers l'aéroport Saint-Exupéry, notre bonne humeur se terne un peu. Thomas jette un œil par le hublot quand il est interpellé par un de ses compagnons de tournée qui s'est levé et a rejoint nos sièges :

— Hey Tom, t'as pensé à rappeler Marco pour les balances avant le concert de demain ?

Avant même que Thomas ne puisse réagir, il enchaîne :

— Ah j'avais pas vu que tu étais en bonne compagnie, je voudrais pas casser ton coup. On en

---

[2] *OSS 117, Rio ne répond plus*, réalisé par Michel Hazanavicius, 2009

reparle à la descente de l'avion, ajoute-t-il en lui lançant un clin d'œil.

Thomas s'apprête à lui répondre quand un stewart invite les dernières personnes encore debout à rejoindre leur place et boucler leur ceinture.

— Désolé pour ça, me lance-t-il. Nico n'est pas toujours super subtil.

— C'est rien, t'inquiète.

Aucun de nous deux ne sait comment relancer la conversation et Thomas reste le visage tourné vers le hublot jusqu'à l'atterrissage. Je le sens tendu tout comme lors du décollage, mais il parvient à maîtriser sa peur cette fois. Lorsque nous sommes autorisés à détacher nos ceintures pour se préparer à sortir, nous restons immobiles pendant que les autres passagers s'activent déjà pour récupérer leurs affaires rangées dans les compartiments. Je prends finalement la parole :

— Vous jouez où demain ?

— Au Transbordeur à Villeurbanne. On fait la première partie de Tryo.

— C'est vraiment super !

— On a intérêt à assurer. C'est jamais évident quand le public vient pour un groupe si charismatique. Surtout qu'on ne joue pas tout à fait le même genre de musique.

Je m'apprête à poursuivre la conversation quand Nico et ses deux amis avancent dans l'allée. Il les aperçoit et me dit à voix basse :

— Il faudrait peut-être qu'on y aille.

— Oui bien sûr, ai-je juste le temps de répondre alors qu'il s'est déjà relevé de son siège.

Je me lève à mon tour, me décale pour récupérer mon sac à dos et il en profite pour se faufiler et rejoindre la bande qui plaisante un peu plus loin. Des passagers avancent à leur tour et je me retrouve donc seule derrière eux. Je tente de l'apercevoir, mais comprends qu'il faudra attendre la descente de l'avion pour pouvoir lui reparler et lui souhaiter bonne chance pour le lendemain. Je ne peux ignorer son changement d'attitude. Je suppose qu'il ne souhaitait tout simplement pas que ses acolytes en profitent pour nous chambrer encore une fois.

Je parviens à croiser son regard en me penchant un peu sur le côté, mais il détourne la tête dès qu'il m'aperçoit. Il n'en faut pas plus pour alimenter la machine à doute qui me sert de cerveau : qu'ai-je bien pu faire ou dire pour qu'il m'évite de la sorte ? A- t-il honte que ses amis puissent penser que nous avons sympathisé ?

J'aurai sans doute la réponse rapidement puisque les premiers passagers commencent à descendre l'escalier jusqu'au bus qui nous ramènera au Terminal.

CHAPITRE 6

Je m'apprête à attraper ma valise sur le tapis roulant quand je sens sa présence derrière moi et le vois la soulever et la déposer à côté de moi.

— T'as braqué des lingots d'or ? Elle est sacrément lourde.

Un peu vexée de sa fuite à la sortie de l'avion, de la manière dont il s'est arrangé pour se retrouver à l'autre bout du bus dos à moi et de ses regards fuyants dans le hall d'arrivée en attendant les bagages, je me contente de répondre sèchement :

— Merci et bon concert demain.

Je saisis ensuite ma valise et commence à rejoindre la sortie de l'aéroport où doivent déjà m'attendre les voisins de la maison de mes parents qui ont gentiment proposé de venir me chercher lorsque je les ai appelés avant de partir.

— Attends...

J'hésite puis me retourne dans l'espoir de pouvoir comprendre son comportement. Même si nos routes se sépareront de toute façon dans quelques minutes, je n'aime pas l'idée d'avoir à regretter cette jolie parenthèse partagée à 40 000 pieds.

— Je suis un peu nul pour les au revoir. Je suis désolé.

— La boucle est bouclée. Je m'excuse à notre rencontre et c'est toi qui t'excuses quand on doit se quitter. Tes amis t'attendent, dis-je en apercevant les trois Dalton qui s'impatientent derrière. Profite bien des dernières dates de la tournée et bonne chance pour la fin de ton internat.

Nico s'avance vers nous et me tend un billet.

— Il osera sans doute pas le faire lui-même ce grand nigaud. N'hésite pas à passer si t'es dans le coin. Faut vraiment qu'on y aille mec, ajoute-il en direction de Thomas avant de s'éclipser.

— Je sais pas si je pourrai, dis-je en regardant le ticket d'entrée pour le concert du lendemain.

— Je comprends, me répond-il un peu déçu. C'est peut-être mieux comme ça.

— Sans doute...

Je reprends le chemin de la sortie et il m'interpelle encore une fois :

— « Alors infidèle, on s'en va sans dire au revoir ? »[3]

— « Monsieur, il n'est de bonne société qui ne se quitte »[4], dis-je sans me retourner le sourire aux lèvres. « Never say goodbye. »[5]

Je l'entends rire doucement et franchis enfin les portes du Terminal 1. Je cherche du regard

---

[3] *OSS 117 Le Caire Nid d'Espion*, réalisé par Michel Hazanavicius, 2006

[4] Idem

[5] Bob Dylan, Never say goodbye, album Planet Waves, 1974

mes chauffeurs du jour sans vraiment savoir comment je pourrais bien les reconnaître.

Mme Plantier, que j'ai eue au téléphone, m'a indiqué qu'elle porterait une robe bleue. Un rapide coup d'œil circulaire me permet de me rendre compte que ce n'était sans doute pas un indice suffisant. Il y a bien au moins cinq femmes septuagénaires qui ont choisi une tenue similaire aujourd'hui. Cela risque d'être long de les retrouver. J'aperçois finalement un bout de carton sur lequel est inscrit mon prénom. L'homme qui le tient parcourt également le hall du regard. A côté de lui, une petite femme ronde aux cheveux gris est vêtue d'une robe que l'on pourrait effectivement jugée bleue, si la couleur n'était pas jaunie par des centaines de passage en machine sans doute. Je m'approche vers eux lentement et elle porte la main à sa bouche lorsqu'elle m'aperçoit.

— Oh mon Dieu, Pierre. Regarde, c'est elle. Elle lui ressemble tellement au même âge.

Je ne sais pas trop comment encaisser cette remarque. Je suppose qu'elle parle de ma mère. Je n'avais pas vraiment réalisé avant de partir que j'allais forcément rencontrer des gens qui ont connu mes parents. Je prends conscience aussi que je suis à peine plus jeune que ma mère au moment de leur accident. Mon cœur se serre, mais je tente de ne pas laisser transparaître mon malaise. Je les rejoins et les salue :

— Bonjour, je suis Victoire. Merci encore d'avoir pu vous libérer pour venir me chercher. Je sais que c'est sans doute inattendu mais j'ai pris la décision de venir un peu sur un coup de tête et...

— Ne t'inquiète pas ma grande. Nous sommes très heureux que tu nous aies appelés. Nous espérions depuis longtemps que tu aies le courage de revenir.

La voix de Mr Plantier est posée et rassurante. Je suis heureuse de savoir qu'ils seront à côté si jamais j'ai besoin de quoique ce soit. J'appréhende un peu de me retrouver seule dans la maison familiale. Et même si je n'ai aucun souvenir d'eux, je n'ai pas le sentiment d'avoir affaire à des inconnus et cela me réconforte.

Nous rejoignons le parking et Mme Plantier ne cesse de m'expliquer tout le long du trajet comment elle a mis au propre une chambre, le salon, la cuisine et une salle-de-bains et s'excuse presque de ne pas avoir pu en faire plus aujourd'hui. Je la remercie, mais ne parviens pas à entretenir la conversation. J'ai une boule au ventre et la gorge serrée. Son mari me jette un regard par le rétroviseur intérieur et comprend sans doute à quel point je suis anxieuse.

— Margot, laisse donc la petite respirer. Nous pourrons reparler de ces détails plus tard.

— Oh oui bien sûr. Je suis désolée Victoire si je suis trop bavarde, me dit-elle en se retournant vers moi. Je suis tellement heureuse de te revoir enfin, mais effectivement cette journée est sans doute riche en émotions. Nous allons te laisser t'installer tranquillement et tu nous rejoindras pour dîner si tu veux.

— C'est très gentil, parviens-je à répondre.

Les derniers kilomètres se font dans le silence et le panneau d'entrée dans la ville de Caluire-et-Cuire augmente mon stress. Dans quelques minutes je vais, pour la première fois depuis vingt ans, repasser le portail de la maison qui appartenait à mes grands-parents paternels. Ma grand-mère, devenue veuve, l'a léguée à mon père peu après leur mariage pour aller s'installer dans un appartement au centre-ville de Lyon. J'essaie en vain de me souvenir de son allure, de la forme du jardin ou encore de la couleur des murs de ma chambre d'enfant.

Soudain, Mr Plantier prend une petite rue sur la gauche : Allée des Verchères, lis-je sur le panneau apposé à la façade d'un immeuble. Celle-ci est très étroite et je me sens soudainement oppressée. J'essaie de contrôler ma respiration et ferme les yeux quelques instants. Quand je les rouvre, la voiture est à l'arrêt et Mme Plantier est descendue pour ouvrir un portail en bois vieilli.

J'aperçois le numéro 12 inscrit sur une plaque rouillée à côté de la boîte aux lettres qui me confirme que nous sommes bien arrivés.

— Je te laisse descendre Victoire. Je vais rentrer la voiture chez nous, me dit Mr Plantier qui actionne l'ouverture électrique d'un portail beaucoup plus moderne à quelques mètres. Ne t'en fais pas pour ta valise, je te l'apporterai.

— Merci Monsieur, je remercie, en ouvrant la portière tremblante.

— Tu peux m'appeler Pierre tu sais et Margot se vexera si tu l'appelles Madame, conclut-il en me souriant avant que je ne referme la porte.

J'avance pour rejoindre Margot donc et pénètre dans un jardin clos de mur, ombragé par un grand sapin. A droite de l'allée, le potager est magnifique. Il regorge de tomates, courgettes, poivrons et salades. Puis la maison apparaît enfin et je me paralyse tout à coup. J'ai l'impression de rêver. Devant moi, une bâtisse d'un étage qui, à quelques détails près, pourrait avoir été construite d'après mes plans si l'architecte avait emprunté mon cahier de croquis. Les trois marches, le porche, la balancelle et les bow-windows sont bien réels. La terrasse n'est présente que sur la pièce centrale de l'étage, mais pas de doute, mes dessins sont la trace de mes souvenirs de petite fille. Je ne peux m'empêcher de sourire et d'admirer l'esthétique atypique de la bâtisse. Je monte ensuite les marches et pénètre à l'intérieur. Le charme authentique se poursuit dans le hall. Des carreaux de ciment ornent le sol de l'entrée, encadré un peu plus loin par deux portes qui se font face et filant jusqu'à un escalier en pierre brut. Margot me rejoint par la porte de gauche.

— Bienvenue chez toi Victoire. Veux-tu que nous fassions le tour de la maison ?

J'acquiesce en silence et pose mon sac à dos sur le banc d'un meuble d'entrée rétro. Je la suis par la porte de droite et découvre une cuisine lumineuse.

— En principe, tout fonctionne. Les derniers locataires sont partis début juin. Ta grand-mère a toujours précisé à l'agence qu'elle ne souhaitait que des locations de courte durée pour des familles en visite dans la région. Je m'occupe du ménage et de l'accueil quand c'est le cas. Il y a eu un petit dégât des eaux à l'étage et nous avons demandé à l'agence de ne pas relouer avant septembre pour réaliser les réparations. Il faudra d'ailleurs que je pense à les appeler pour les prévenir que tu es là.

Je l'écoute d'une oreille en admirant la vue du jardin depuis la grande fenêtre devant laquelle une belle table familiale en bois est installée. J'essaie de me revoir petite, en train de boire un chocolat chaud tout en scrutant le sapin à la recherche d'un écureuil ou de préparer un gâteau

71

avec ma mère, le visage blanchi de farine. Aucun souvenir ne refait surface.

Nous traversons de nouveau le hall d'entrée jusqu'au salon. Celui-ci est divisé en deux parties avec un espace salle à manger près de la fenêtre et un coin séjour plus cosy au fond après la cheminée. Des guitares de tous genres et de toutes tailles sont accrochées au mur derrière le canapé et je ne peux m'empêcher de m'en approcher, intriguée.

— Ton père adorait les collectionner et tu passais des heures à le regarder les accorder et jouer des morceaux.

J'essaie de visualiser la scène, mais aucune image ne me revient encore une fois. Comment ai-je pu oublier que mon père était musicien à ses heures perdues ? Je ne l'ai connu sans doute qu'ainsi, bien trop jeune pour m'intéresser à ses travaux de recherche. Et pourtant, lorsque à quelques reprises j'ai parlé de sa carrière à ceux qui m'interrogeaient, je n'ai évoqué que son poste de chercheur à Interpol, jamais cette passion. Je m'en veux tout d'un coup de ne pas avoir interrogé ma grand-mère sur mes parents : leurs parcours, leur rencontre, leur mariage…Peut-être que si elle avait vécu un peu plus longtemps, j'aurais pu, en entrant dans l'âge adulte, avoir le courage de vouloir connaître leur vie.

J'ai soudain conscience que je risque de ne jamais avoir de réponse à beaucoup de mes questions et mes yeux deviennent humides. Je fais rapidement demi-tour pour essayer de ne pas me laisser submerger.

— Oh, je suis désolée si je t'ai fait de la peine. Je suis maladroite. C'est juste que tu étais tellement heureuse quand tu étais à ses côtés. J'espère qu'un jour, tu parviendras à t'en souvenir sans être triste.

— Ne vous excusez pas Margot. Je suis émue de découvrir des facettes de sa personnalité que j'ai complètement oubliées, mais je suis contente d'en apprendre plus sur lui. C'est pour ça aussi que j'ai décidé de revenir. J'ai besoin de savoir d'où je viens...

— Et je serai très heureuse de partager avec toi ce que je sais de tes parents.

Margot me prend par l'épaule et m'invite à continuer la visite. Une petite chambre et des toilettes complètent le rez-de-chaussée à droite de l'escalier que nous empruntons jusqu'à un couloir qui dessert cinq portes. Sans trop savoir pourquoi, je me dirige vers la porte la plus au fond sur la droite et l'ouvre. Je pénètre dans une petite chambre. Le motif naïf sur le papier peint déclenche en moi des flashs, un peu flous certes, mais je sais sans aucun doute que je viens de rentrer dans ma chambre de petite fille. Les meubles ne sont à

priori plus les mêmes mais quelques tableaux ac-
crochés au mur me semblent familiers et surtout
j'aperçois un gros ours en peluche posé sur le lit.
Je m'en approche et m'en saisis. Il semble avoir
traversé des tempêtes ou des guerres tant son pe-
lage est usé. Le son de la petite cloche accrochée
à un ruban bleu autour de son cou me replonge
vingt ans en arrière. Je le secoue doucement pour
entendre encore une fois son tintement. Des
larmes coulent sur mes joues tandis que je mets
à rire doucement.

— C'est Caramel n'est-ce pas ? interrogé-je en
caressant son œil borgne.

Margot se contente d'acquiescer en me souriant.

— Je l'avais toujours avec moi et je me souviens que le son de sa cloche était le seul moyen
pour me rassurer la nuit.

— Te rappelles-tu pourquoi tu l'avais appelé
comme cela ? Tu avais collé un carambar près de
son œil un jour et, ne parvenant pas à le décoller,
tu avais fini par découper autour. Tu as toujours
refusé qu'il soit réparé. Tu disais qu'ainsi il était
unique et que personne ne pourrait te le voler.

Je sers fort la peluche contre moi, rassurée que
ma mémoire revienne enfin un peu. Je le berce
comme je le faisais enfant et chuchote à son
oreille :

—Tu vas m'aider Caramel, tu vas m'aider à me souvenir ?

CHAPITRE 7

Margot me laisse découvrir seule le reste de la maison. Elle réitère son invitation pour le dîner dans une heure et j'entends claquer la porte d'entrée. Je reviens sur mes pas, ouvre la porte d'une salle de bains qui aurait besoin d'être rafraîchie puis me dirige vers la pièce en face. Je découvre une belle pièce meublée d'un bureau et d'une impressionnante bibliothèque. Des centaines de livres y sont entreposés : ils semblent rangés par thèmes. Je retrouve de nombreux ouvrages scientifiques qui traitent d'études autour de l'ADN. J'en déduis que mon père devait travailler sur cette thématique en tant qu'ingénieur en biologie. D'autres tranches de livres ont des titres qui évoquent le profilage ou encore la balistique. J'imagine à quel point le poste de mon père devait être passionnant et je me demande s'il a collaboré à la résolution d'enquêtes célèbres. Dans les rayonnages suivants, des recueils de haïkus cohabitent avec des classiques de la littérature et des livres de recettes. La dernière colonne regorge d'une impressionnante collection de bandes dessinées variées. L'incroyable éclectisme de cette sélection m'impressionne, moi qui suis assez limitée dans mes lectures. Même en dehors des heures de bureau ou en vacances, j'ai souvent dans les mains un magazine d'art et de décoration ou un essai sur l'architecture. Autant je suis assez curieuse en découverte musicale ou filmographique, autant je ne suis pas très audacieuse en ce qui concerne l'art littéraire.

Sur le mur opposé, des ouvrages de conseils ou d'éducation des enfants du premier âge, des tutoriels de couture ou encore des livres de photographie et des guides de voyage sont rangés de façon moins organisée. J'ai l'impression que mes parents se sont partagés la pièce avec chacun son coin bibliothèque et que ma mère était moins pointilleuse concernant le classement de ses livres. Je souris en repensant aux nombreuses fois où je me suis moi-même maudite, ne retrouvant pas des affaires, ne parvenant jamais à classer de manière méthodique des documents importants ou à organiser le rangement de mes vêtements. Je sais déjà que je lui ressemble physiquement. Peut-être que je partage d'autres qualités ou défauts avec elle. C'est comme si les pièces de puzzle qui font ma personnalité s'imbriquent petit à petit et j'ai hâte de découvrir d'autres détails de sa vie et de celle de mon père.

Des carnets de dessin attirent mon attention. J'en choisis un au hasard, le dépoussière et l'ouvre à une page au hasard. Immédiatement, les larmes séchées quelques minutes plus tôt se mettent à ruisseler de nouveau sur mon visage. Une petite fille sur une balançoire affiche un grand sourire et le mouvement donné à cette scène est remarquable. Je tourne la page et la même petite fille est crayonnée, l'air boudeur, un ours en peluche dans les bras.

Je me laisse glisser le long du bureau jusqu'à m'asseoir au sol, comme abattue par l'émotion qui parcourt mon corps tout entier. Je tourne frénétiquement les pages pour y découvrir d'autres instantanés de mes premières années et la stupeur laisse place à la colère. Pourquoi ai-je été privée de cet héritage ? Comment grand-mère a-t-elle pu me laisser aussi ignorante toutes ces années ? Aussi loin que je me souvienne, ma passion pour le dessin a toujours été au centre de ma vie sans que je sache vraiment pourquoi. Découvrir que je tiens ce don de ma mère est à la fois déroutant et éloquent. Celui-ci a guidé tous mes choix de vie et ce n'était donc pas un hasard. C'est comme si je n'avais pas pu échapper à mon destin sans même que j'en ai pleinement conscience.

— Pourquoi grand-mère ? dis-je en levant les yeux au ciel.

Je tente d'essayer de comprendre les raisons qui ont pu guider son choix de ne pas révéler cette information. Mais je ne trouve aucune explication logique et ne peux que me résoudre à me persuader que ce n'était pas par mauvaise intention. Je refuse que la colère vienne tout gâcher. Comment en vouloir à quelqu'un qui ne peut plus se justifier ? Je ne peux pas ressasser des choses que je ne peux pas changer. L'objectif en venant ici était de me réconcilier avec mon passé, pas de le laisser encore m'anéantir. Je prends une grande respiration, me relève et range le carnet de dessin à sa place. Je jette un coup d'œil au couloir me rappelant qu'il me reste deux pièces à découvrir.

La première au fond est une petite pièce neutre dans laquelle un simple lit et une armoire permettent d'imaginer une chambre d'amis. Je me tiens désormais devant la dernière porte centrale de l'étage. Sans l'ouvrir, je sais que je me trouve devant la chambre de mes parents. J'ai l'impression d'être une petite fille à qui on a interdit d'entrer et je reste quelques secondes la main sur la poignée avant d'oser la tourner. Je reste sur le pas de la porte à observer le grand lit couvert d'un dessus-de-lit sobre mais élégant. Etais-je autorisée à venir les rejoindre lorsque je me réveillais d'un cauchemar ou aux premières lueurs du soleil les jours de weekend ? Le bow-window abrite un banc recouvert de coussins et une coiffeuse art déco occupe un pan de mur à l'opposé qui se prolonge par un dressing vitré.

Je rentre finalement et aperçois une salle d'eau par une porte entrouverte faisant face au lit. Je me dirige jusqu'à la fenêtre, m'assois sur le banc et observe le jardin. Le portique avec les deux balançoires est toujours là derrière le potager et j'aperçois un poulailler sans savoir s'il existait déjà lorsque nous avons quitté les lieux ou si ce sont Pierre et Margot qui ont introduit les volatiles. Je me sens soudain comme une intruse, brisant l'intimité de mes parents. Je me relève rapidement, referme la porte et décide de rejoindre le rez-de-chaussée.

Je m'assois dans le canapé du salon pour reprendre mes esprits. J'avais sans doute sous-estimé à quel point ce tour des lieux allait être éprouvant. Je me demande quelles découvertes m'attendent encore.

Une horloge sonne l'heure et je me rends compte qu'il est déjà dix-neuf heures. Les voisins m'attendant sans doute. En rejoignant le hall d'entrée, un coup d'œil sur mon sac à dos me rappelle que je n'ai pas pensé à appeler Bastien. J'y cherche mon téléphone portable et sors m'asseoir sur la balancelle à l'extérieur au rythme de la sonnerie jusqu'à ce qu'il décroche enfin.

— Excuse-moi de ne pas avoir appelé plus tôt, dis-je sans attendre d'entendre sa voix.

— J'ai vérifié sur le site d'Air France que ton vol avait bien atterri à l'heure. Je me suis douté que tu étais en train de te familiariser avec les lieux.

— C'est tout à fait ça. C'est tellement étrange d'être enfin ici, mais j'ai l'impression que je suis exactement là où je suis supposée être.

— Tant mieux. Je suis content de savoir que tu ne regrettes pas ton choix.

— Non pas de regret même si j'ai déjà découvert des choses sur mes parents qui m'ont à la fois étonnée et chamboulée.

— Quoi par exemple ?

— Et bien sache que mon père était également musicien. Le salon est un véritable musée de guitares, tu adorerais.

Je l'entends rire et poursuis :

— Et j'ai déniché des carnets de dessin de ma mère dans le bureau. Tu peux pas imaginer combien elle était douée. Tu te rends compte ? Je partage la même passion que ma mère ! Ça explique sans doute mon souhait de devenir architecte.

— Tu as fait tes propres choix Vic. La génétique ne peut pas tout expliquer, me répond-il après un blanc de quelques secondes.

— Oui mais quand même c'est...

— Je suis désolé. Je vais devoir te laisser. Des collègues ont prévu un tour en bateau et je suis déjà en retard.

— Ah, oui bien sûr. Salue les pour moi. On se rappelle demain ?

— Si tu veux. Bonne soirée, conclut-il avant de raccrocher.

Je suis presque vexée qu'il n'ait pas été plus curieux et ne m'ait pas harcelée de questions comme il le fait d'habitude. Mais après tout, ce n'est pas son histoire. Je suis déçue aussi de ne pas avoir pu lui parler de ma mésaventure en arrivant à l'aéroport et de ma rencontre avec Thomas, mais j'ai gagné un peu de temps avant qu'il n'en profite pour ajouter cet épisode à son stock d'histoires cocasses à mon sujet.

Je repense aux garçons qui doivent être en train de répéter pour demain. J'ai toujours eu du mal à imaginer à quoi pouvait ressembler cette vie d'artiste, toujours sur les routes. Je me demande comment Thomas va parvenir à reprendre son internat après cette année à voyager de ville en ville. Comment retrouver un rythme ordinaire après une telle aventure ? Et comment se passer de l'adrénaline ressentie sur scène à chaque concert ? Mon père a-t-il rêvé lui aussi d'une vie de bohème ? Était-il pleinement satisfait de la vie sédentaire qu'il avait construite au côté de ma mère ?

— Victoire, tu es là ?

J'entends la voix de Pierre avant de l'apercevoir, ma valise à la main, peinant à la porter. Je me lève pour aller à sa rencontre et le libérer de la charge de mon bagage.

— Je ne savais pas trop de quoi j'aurais besoin alors je l'ai bien chargée...

— Oh j'ai l'habitude tu sais. Margot prévoit aussi toujours des tas d'affaires au cas où, même si nous ne partons que pour quelques jours, se moque-t-il.

Je ris et monte la déposer dans l'entrée.

— Tu es sûre que tu ne veux pas que je t'aide à la monter à l'étage ?

— C'est juste que...

— Tu n'as pas encore choisi où tu allais dormir, je comprends, répond-il simplement. Tu te décideras peut-être mieux le ventre plein. Viens, le repas est prêt.

J'aime la manière dont Pierre parvient à prendre soin de moi sans en faire trop. Il trouve toujours les mots justes pour me rassurer et je suis heureuse de savoir qu'il était amis avec mes parents.

Nous rejoignons Margot qui arrange un bouquet sur la table de leur terrasse. Celle-ci est surélevée et offre un magnifique panorama sur Lyon. Je regrette de ne pas mieux connaître cette ville qui par la présence du Rhône et de la Saône semble posséder un charme similaire à Bordeaux. Depuis mes études à Paris, j'ai toujours imaginé vivre dans une ville traversée par un fleuve. Malgré l'agitation urbaine, cela donne aux grandes villes un côté apaisant. J'admire la vue quelques secondes puis rejoins Margot en cuisine pour lui demander si elle a besoin d'aide. Je suis impressionnée par tout ce qu'elle a préparé : des billes de melon décorées de feuilles de menthe sont déposées dans des coupelles. Une salade de tomates joliment présentée et agrémentée de tranches de mozzarella et des mini roulés à la tapenade ainsi que des tranches fines de jambon italien me semble-t-il, complètent le menu.

— Quel festin ! Il ne fallait pas.

— Nous sommes tellement ravis de t'avoir parmi nous Victoire.

— Cela mérite bien une petite coupe, ajoute Pierre en débouchant une bouteille.

Le bouchon s'envole au plafond violemment, m'obligeant à tendre rapidement une flûte pour que le champagne ne se renverse pas trop sur le sol.

— Joli réflexe mademoiselle. On voit que tu as l'habitude.

S'il savait à quel point justement je ne suis pas coutumière de tels moments festifs ! Je me contente de lui sourire et d'approcher les deux autres verres.

— Et bien trinquons, reprend Pierre. Trinquons à...

— Trinquons à tes parents Victoire. Je suis sûre que de là où ils sont, ils sont très heureux de te voir de retour à la maison, ajoute Margot.

Je suis un peu trop cartésienne pour imaginer un tel scénario, mais je trinque sans chercher à commenter ce toast.

— J'ai découvert les carnets de dessins de ma mère dans la bibliothèque du bureau, parviens-je à évoquer après quelques minutes à table.

Je ne sais pas s'ils pourront répondre à mes interrogations mais l'envie d'en savoir plus sur sa passion m'obsède depuis tout à l'heure.

— Elle avait tellement de talent, annonce Margot. Elle ne cessait de gribouiller et immortalisait des scènes comme un photographe aurait pu le faire. Elle avait toujours un carnet sur elle et tu étais son modèle préféré. Et c'est d'ailleurs en dessinant qu'elle a rencontré ton père.

— Vraiment ?

— Elle commença à faire son portrait, un jour qu'il jouait de la guitare dans la rue alors qu'ils étaient encore étudiant. Il l'a repérée et a négocié un dîner en échange. Ils ne sont plus jamais quittés, continue-t-elle.

Plus jamais jusqu'à mourir ensemble, me mets-je à penser. Pierre perçoit une fois de plus à quel point cette dernière phrase me touche et ajoute :

— Ta grand-mère nous a souvent montré tes propres dessins et croquis. Tu as ça dans le sang toi aussi, c'est un cadeau de ta mère.

— Et pourtant, elle ne m'a jamais donné ces carnets malheureusement.

Je sens que ma remarque jette un froid et que mes hôtes ne savent pas trop comment y répondre.

— Elle était tellement fière de toi. Peut-être n'a-t-elle pas voulu que tu te sentes obligée de continuer à dessiner si tu avais découvert que ta mère en faisait tout autant ?

— Comment ça ?

— Elle te les a sans doute cachés, au début, comme tout ce qui concernait tes parents provoquait en toi une grande tristesse. Elle te parlait beaucoup d'eux après leur décès, te montrait des photos. Mais tu étais très triste, naturellement, et tu as toi-même demandé qu'elle ne les évoque plus et que les photos soient rangées. Puis tu as commencé à dessiner en grandissant et tu es entrée au lycée avec l'idée déjà de devenir architecte. Souvent, les adolescents ont tendance à ne pas vouloir suivre les pas de leurs parents. Peut-être a-t-elle craint que tu ne poursuives pas tes rêves en découvrant le talent que tu partages avec Juliette.

— Juliette, soufflé-je à voix basse.

Je ne prononce jamais le prénom de ma mère les rares fois où je parle d'elle et me l'entendre dire à voix haute provoque en moi un sentiment étrange. On n'imagine pas la vie de nos parents sans nous et ils n'existent souvent dans notre esprit que par les termes *papa* et *maman*. Pourtant, c'est Juliette qui existait avant que je vienne au monde, elle qui rencontra Stéphane, qui en tomba amoureuse et l'épousa avant de venir s'installer ici. Elle dessinait sans doute elle aussi depuis l'enfance même si personne ne pourra me le confirmer. Elle était fille unique et ses parents sont morts quelques années avant ma grand-mère. Je ne les ai pas vraiment connus. Ils ne se sont jamais remis de l'accident et me voir était trop douloureux.

— Savez-vous si elle a voulu en faire son métier ?

— Elle me racontait souvent à quel point elle en avait rêvé mais que ses parents considéraient que ce n'était pas un métier sérieux, me répond Margot. Ne voulant pas les contredire, elle entreprit donc des études de droit et passa le barreau juste après avoir rencontré ton père. Elle ne cessa jamais de dessiner et je crois qu'elle ne regretta pas son choix à ta naissance. Elle se rendit compte que cette carrière lui offrait plus de stabilité que si elle avait entrepris des études d'art.

— Et mon père ? Lui aussi a préféré une carrière plus stable plutôt que de devenir musicien ?

Pierre rit avant de me répondre :

— Non, ton père a toujours été très rationnel. Il était passionné mais pas au point d'envisager une seconde de faire de la musique son métier. Il avait une obsession pour les guitares, mais plus pour l'objet en lui-même que pour l'usage qu'il pouvait en faire. Etudiant, jouer dans la rue lui permettait d'arrondir un peu les fins de mois. Plus tard, il ne jouait plus que pour te faire plaisir.

Je suis rassurée d'apprendre que mes parents semblaient heureux de la vie qu'ils avaient choisie. Je repense à ma grand-mère qui ne tenta jamais de me convaincre d'opter pour une autre voie que celle dont je rêvais. Jamais je ne saurai si mes parents m'auraient soutenue de la même manière. Finalement, j'ai comme eux choisi un métier raisonnable. Je dessine, mais je réponds à une commande, à un cahier des charges précis. Il n'y a pas trop de place pour l'artistique et je n'en suis pas frustrée. Comme ma mère le faisait, je continue de dessiner pour le plaisir lorsqu'une scène ou un paysage me touchent. Je me mets à penser qu'ils auraient été fiers de moi et pour la première fois depuis mon arrivée, je me sens un peu plus apaisée.

Nous terminons le repas en évoquant comment Pierre et mon père avaient l'habitude d'aller golfer tandis que Margot et ma mère aimaient jardiner ensemble et faire de longues balades sur les quais de Saône. Quinze ans séparaient les deux couples, mais une belle amitié était née dès que mes parents avaient emménagé et je réalise qu'à mon âge, mes parents formaient déjà une famille. Dans un an, j'aurai l'âge qu'avait ma mère à ma naissance et je me vois mal parvenir à en faire de même. Je me rassure en me disant que notre génération a tendance à repousser l'âge du premier enfant. Je crains toutefois que je ne suivrai pas non plus le rythme de mes congénères.

La nuit commence à tomber et moi de fatigue également. Je n'en reviens pas de tout ce qu'il s'est passé aujourd'hui. J'ai l'impression d'être partie de Bordeaux depuis bien plus longtemps. Je tente en vain de contenir un bâillement.

— Tu dois être complètement épuisée ma grande et c'est bien normal, dit Pierre. Va donc te coucher et n'hésite pas si tu as besoin de quoique ce soit demain.

— J'ai mis à décongeler une brioche dans le frigo, ajoute Margot. La machine à expresso est assez classique, je pense que tu sauras la faire fonctionner. Si tu préfères du thé...

— Margot, je pense qu'elle s'en sortira très bien, la coupe Pierre.

— Oui bien sûr, tu as raison. Les jeunes sont plus doués que nous avec tout ça...

— Merci pour tout. Vraiment. Je ne sais pas comment vous remercier. Et je n'ai même pas pensé à vous apporter des cannelés, dis-je gênée.

— Oh ce n'est pas grave. J'ai déjà du mal à fermer mes robes...

— Et moi mes pantalons...

C'est sur un rire collectif que je les abandonne en leur souhaitant bonne nuit. Vingt minutes plus tard, je me couche dans le lit de mon ancienne chambre après avoir pris une bonne douche. Je n'ai pas le temps de repenser à tout ce qui s'est passé aujourd'hui que je m'endors déjà, Caramel posé à mes côtés.

CHAPITRE 8

Je me réveille en sursaut, la respiration haletante. Je suis en sueur, mais la chaleur extérieure qui persiste malgré l'heure tardive ne peut pas en être totalement la cause. La fenêtre est ouverte et je sens tout de même un air frais rafraîchir ma peau. Il me faut quelques instants pour retrouver mes esprits et des bribes de mon rêve me reviennent. Des trombes d'eau, des éclairs cisaillant le ciel et une voiture sur une route sinueuse. Un craquement et le bruit assourdissant de la tôle qui se plie sous l'impact. Puis le visage d'une jeune femme se tourne vers moi après avoir poussé un cri. Le silence ensuite avant le bruit des sirènes, et des voix qui s'agitent autour de la voiture.

Elle est vivante. La petite fille à l'arrière est vivante.

J'allume la lampe posée sur la table de nuit et essaie de comprendre ce qu'il vient de se passer. Je n'ai pas juste imaginé comment l'accident s'est produit. J'ai revécu la scène avec tant de détails que cela ne peut signifier qu'une chose. Paniquée, je me saisis instinctivement de mon téléphone et appelle la seule personne qui saura m'aider à comprendre ce qu'il vient de se passer.

— Vic, c'est toi ? Qu'est-ce qui se passe ? me demande une voix encore endormie.

— Bastien, je sais qu'il est sûrement très tard…

— Très tôt tu veux dire. Vic, il est 4h du matin. Tout va bien ?

— Je sais pas. Je viens de faire un cauchemar et je crois bien que…

Ma voix est à peine audible tant mes pleurs s'intensifient et que ma respiration devient saccadée.

— Vic, calme toi. Respire ok. Pense aux vagues et cale ta respiration sur elles.

A chaque fois que mes angoisses prennent le dessus et que je ne parviens pas à me calmer, Bastien a trouvé cette technique pour m'aider à m'apaiser. Je lui ai dit un jour, alors que nous observions un coucher de soleil sur une plage, que c'était sans aucun doute l'endroit où je me sentais le mieux. Depuis, il me suffit de fermer les yeux, m'imaginer face à l'océan et tenter de ralentir mon souffle au rythme des vagues pour parvenir à me détendre.

— Inspire, expire. Allez, Encore une fois, m'encourage-t-il.

Petit à petit, je sens mon rythme cardiaque revenir à la normale et les tremblements cessent enfin.

— Parle-moi Vic. Tu crois bien que quoi ?

— J'ai rêvé de l'accident de mes parents et...

— Ça t'a semblé si réel que ça t'a chamboulée, c'est normal.

— Non Bastien. C'était réel parce que j'y étais.

— Comment ça ?

— J'étais dans la voiture avec eux.

— Tu veux dire que...

— Que j'ai survécu à l'accident Bastien. Mes parents sont morts sous mes yeux et moi j'ai survécu.

— Oh merde. T'es sûre de toi Vic ?

— J'en suis persuadée. J'interrogerai les voisins demain, mais j'en ai la certitude.

— Je suis tellement désolé de ne pas être auprès de toi. Tu veux que je vienne ?

— Non c'est pas la peine.

— Je peux partir maintenant et je serai là avant midi.

— Non. Tu peux pas encore une fois tout abandonner pour moi. Tu risques de te faire virer si tu t'absentes encore. Entendre ta voix et te parler m'ont fait du bien. Ça va aller je t'assure. Excuse-moi de t'avoir appelé en pleine nuit.

— Non Vic, ne t'excuse pas et promets-moi de m'appeler chaque fois que tu en as besoin. J'aimerais tellement faire plus.

— Tu as déjà fait bien plus que l'essentiel Bastien. Je sais que je peux compter sur toi quoiqu'il arrive. Merci d'être présent. Je t'aime.

— Je t'aime aussi Vic. N'en doute jamais. Essaie de te reposer maintenant. Je te rappelle à la pause de midi.

— D'accord. Bonne nuit, enfin bonne fin de nuit. A tout à l'heure.

— Et n'oublie pas que les fourmis sont capables de porter sur leur dos bien plus que ce qu'on peut imaginer. Tu es plus forte que tu ne le crois.

Je raccroche et observe la photo que j'ai associée au numéro de Bastien dans mon répertoire. Je souris en me remémorant l'instant où je l'ai prise. Nous étions assis sur les marches qui mènent au Sacré Cœur, quelques semaines après notre rencontre. Il avait décidé de me faire découvrir un quartier de la Capitale chaque weekend et nous avions grimpé depuis le Moulin Rouge jusqu'à la butte Montmartre sur les traces d'Amélie Poulain. Je prenais en photos les toits de Paris et je l'avais interrogé :

— T'as déjà eu l'impression d'être une petite fourmi ?

La naïveté de ma question l'avait fait rire et j'en avais profité pour capturer son portrait. Je n'imaginais sans doute pas que huit ans plus tard, nous serions toujours aussi complices. Seulement huit ans alors que j'ai l'impression qu'il a toujours été à mes côtés. Peut-être parce qu'il me connaît par cœur. Il est toujours présent lorsque j'en ai besoin, avant même que je l'appelle à l'aide et sait mieux que quiconque comment m'encourager à dompter mes peurs. C'est lui ma fourmi finalement. C'est lui qui me porte sur son dos, peu importe à quel point je suis chargée d'un lourd passé. J'espère que je pourrai m'alléger un peu après quelques jours ici.

Je sais que je ne parviendrai à me rendormir. Je me lève et descends me préparer un thé dans la cuisine. L'eau commence à bouillir et je repense à mon rêve. J'ai vu des reportages sur le stress après un trauma et comment le cerveau peut être victime d'une amnésie traumatique. Le souvenir enfoui est inaccessible à plus ou moins long terme à cause d'une dissociation qui s'opère au moment du traumatisme. C'est comme si le cerveau disjonctait et déconnectait avec les circuits émotionnels et ceux de la mémoire. Parfois, il suffit d'une odeur, d'un son ou de tout autre stimulus pour que ce souvenir refasse surface. J'essaie de réfléchir à ce qui a bien pu permettre à mon subconscient de ramener enfin à ma mémoire ma présence lors de l'accident et mon regard se porte sur Caramel que je viens de poser sur le plan de travail. Mais bien sûr : je devais l'avoir avec moi le jour de l'accident et le fait de le serrer contre moi en dormant a dû faire écho avec cette nuit-là.

— Tu m'as aidée à ne pas avoir trop peur en attendant les secours n'est-ce pas ? lui dis-je.

Je n'ai sans doute pas pris conscience à l'époque de la gravité des blessures de mes parents et ai dû simplement penser qu'ils dormaient. Je n'arrive pas à réaliser que c'est bien moi qui ai vécu cette tragédie. J'ai de la peine pour cette petite fille et j'ai envie de lui offrir une vie plus paisible désormais. Je ne peux plus continuer de me contenter de suivre ma destinée comme un pantin. Je suis allée à l'école que ma grand-mère avait choisie pour moi lorsqu'elle me donna les prospectus au lycée, j'ai toujours suivi les plans de Bastien concernant mes loisirs et ai accepté l'offre de l'agence de Bordeaux quand ce dernier a envoyé mon CV alors que je n'osais pas le faire.

« Exister, c'est oser se jeter dans le monde. »[6] Oser répondre à Coline il y a quinze jours a finalement été le premier pas vers cette liberté de décider enfin par moi-même. J'ai survécu miraculeusement à un accident, je ne peux pas me contenter de survoler la vie. Il est temps de ne plus avoir peur.

— Tu es prêt Caramel ? je l'interroge, comme pour défier une dernière fois ma détermination.

---

[6] Citation de Simone de Beauvoir

J'ai l'impression qu'il me sourit comme pour valider la promesse que je viens de faire à celle qui l'a abandonné depuis plus de vingt ans et qu'il vient enfin de retrouver.

Je sors ensuite dans le jardin pour boire mon thé et admirer le ciel étoilé. Je rejoins la balançoire et m'assois sur la planche de bois en essayant d'imaginer à quoi pouvait rêver la petite Victoire, lorsqu'elle s'envolait dans les airs. Planifiait-elle de rencontrer un prince charmant, vivre heureuse et avoir plein d'enfants ? La silhouette d'un avion avec trois lumières clignotantes passe dans le ciel. Je repense immédiatement à Thomas et me mets à imaginer comment j'aurais pu agir différemment. J'ai supposé d'emblée que nos chemins devaient forcément se séparer à la descente de l'avion, mais je ne peux pas nier l'avoir trouvé particulièrement charmant. Je songe à la rencontre entre mes deux parents : si mon père n'avait pas osé inviter ma mère à dîner, peut-être ne se seraient-ils jamais recroisés. Mais Thomas non plus n'a pas fait en sorte qu'on se revoit, il ne m'a pas demandé mon numéro de téléphone et ne m'a pas donné le sien. Je me relève en sursaut et renverse la moitié de ma tasse.

— Le billet !

J'ai presque crié.

Je rejoins en courant la maison. Je cherche dans mon sac à dos le ticket de concert que m'a donné Nicolas, mais ne le trouve pas.

Je me rends dans le salon, soulève les coussins du canapé, en vain.

Je remonte dans ma chambre et fouille les poches de ma robe : elles sont vides. Je vérifie chaque recoin de ma valise même si je sais d'avance qu'il ne s'y trouvera pas. Je m'accroupis et cherche sous le lit. Il n'y est pas non plus, mais une boîte y est déposée. Je l'attrape pour vérifier qu'il ne se trouve pas éventuellement derrière et remarque que mon prénom est inscrit sur une étiquette collée au centre. L'écriture est soignée et semble celle d'une femme, peut-être celle de ma mère puisque ce n'est pas celle de grand-mère.

J'ouvre le couvercle : à l'intérieur, des enveloppes sur lesquelles sont inscrits des chiffres de un à sept y sont rangées. Je prends la première, la retourne et l'ouvre doucement pour ne pas la déchirer. Je remarque la même écriture sur un papier plié en quatre à l'intérieur et devine qu'il doit s'agir d'une lettre.

J'hésite à découvrir ce qui peut y être écrit. Je ne sais pas si je suis prête à apprendre de nouveaux secrets. J'ai le sentiment tout à coup que tout va beaucoup trop vite. Mais c'est comme si cette boîte attendait que je la trouve. Je sors délicatement le courrier et le déplie sans oser encore commencer à le lire.

Je ressens le besoin d'être confortablement installée et me rends dans le bureau bibliothèque. Je m'assois dans le rocking-chair et me sens en sécurité, comme entourée par mes deux parents. Je prends une grande inspiration tout en fermant les yeux puis les rouvre prête à connaître ce que ma mère a voulu m'écrire.

CHAPITRE 9

14 avril 1985, 9h30

Ma puce,

Aujourd'hui nous fêtons tes un an et je veux te remercier. Je te remercie de m'avoir choisie pour être ta maman, d'avoir fait de l'homme que j'aime un papa merveilleux, d'avoir transformé nos vies, pour le meilleur. Il y a un an, tu as décidé de pointer le bout de ton nez quelques jours en avance par rapport à la date prévue et tu as bien failli ne pas nous laisser le temps d'arriver à l'hôpital. Près de deux ans à t'attendre et quelques minutes seulement pour enfin sentir ta peau contre la mienne. Aujourd'hui encore, quand tu t'endors dans mes bras, je ressens la même émotion : un réel sentiment de plénitude.

Tu es ma petite magicienne, capable jour après jour d'agrandir un peu plus nos cœurs. J'ai passé des heures à te regarder dormir les premiers mois, comme étonnée d'avoir autant de chance. Et aujourd'hui, je m'émerveille de te voir grandir, d'entendre ton rire ou te voir observer le monde de tes grands yeux bleus qui me rappellent tant ceux de ton père. Tout le monde trouve que nous nous ressemblons, mais tu as son regard, profond et pur. Tu es le prolongement de nous deux, mais tu es TOI, unique et irremplaçable.

J'ai décidé de t'écrire une lettre à chacun de tes anniversaires et de te les remettre le jour de tes 18 ans. Celle-ci est donc la première et j'espère que la complicité qui nous unit à l'heure où j'écris est toujours aussi forte au moment où tu me lis. Je ne peux prédire l'avenir, mais j'ai espoir que la jeune femme que tu es devenue est aussi heureuse que celle qui nous comble de joie aujourd'hui.

J'entends ton père répéter à la guitare ta chanson préférée. J'imagine déjà ta joie lorsqu'il te la chantera tout à l'heure. J'aime tellement te voir l'admirer, émerveillée, chaque fois qu'il commence à jouer.

Dans quelques heures, tu souffleras la bougie sur ton gâteau et si tu ne pourras sans doute pas faire un vœu toi-même, sache que nous le formulerons pour toi. Peut-être tricherons nous un peu en souhaitant à toute notre famille que toutes les années que nous passerons à tes côtés ressemblent à celle-ci, parfaitement imparfaites. Des nuits hachées, des milliers de couches, des pleurs indéchiffrables, mais des câlins à n'en plus finir, des sourires puis des rires, des heures à te suivre à quatre pattes...

J'ai hâte de découvrir ce qui nous attend d'ici tes deux ans. Dans quelques mois tu marcheras sans doute et prononceras tes premiers mots. Je serai là pour t'aider à te relever si tu tombes et continuerai à te lire des histoires en imitant très mal la voix des personnages. Et oui promis, je te laisserai me voler encore mes bouts de fromage.

A l'année prochaine ma puce.

Maman

Jamais je n'aurais cru possible de ressentir autant de peine et de joie simultanément. Je relis trois fois cette première lettre, comme pour m'imprégner de chaque mot. J'imagine ma mère, assise au bureau qui me fait face, en train de la rédiger et de dessiner mon portrait. Je caresse du bout des doigts les coups de crayons comme pour sentir l'empreinte des siens.

Vingt-cinq ans que ce premier courrier a été rédigé et j'ai le sentiment d'avoir découvert le plus beau des trésors. On estime que les premiers souvenirs s'ancrent après trois ans. Toutefois, notre corps garde-t-il en mémoire des traces de nos premières années ? Si oui, ma peau se souvient-elle des caresses de ma mère, mes oreilles des chansons de mon père ? Si je me concentrais très fort, parviendrais-je à entendre leur voix ou sentir leur odeur ? J'avais six ans lors de l'accident, je devrais pouvoir me remémorer des évènements importants : mes fêtes d'anniversaire justement ou encore Noël. Rien ne me revient. Je me demande si les albums photos sont encore ici. Peut-être cela m'aidera-t-il à vaincre cette amnésie.

Je décide de patienter avant d'ouvrir la lettre suivante afin d'apprécier chacune d'elles. Je trouve injuste d'avoir dû attendre si longtemps, mais je suis si heureuse que cette boîte n'ait pas

disparu. Grand-mère et Margot avaient-elle con-
naissance de ces courriers ? Les enveloppes sont
toutes intactes, mais elles ont forcément vu cette
boîte et l'ont sans doute ouverte. Vivement que le
jour se lève pour que je puisse aller interroger la
seule personne qui aura, je l'espère, une explication à me fournir. Je replie soigneusement la première lettre et la range dans la boîte. Je retourne
m'allonger sur mon lit, fixant le plafond. Très vite,
mes yeux se ferment et je m'endors.

Un rayon de soleil pénètre dans la chambre et
me réveille doucement. Je jette un œil à mon téléphone pour me rendre compte qu'il n'est que
6h45 et que je prolongerais bien la nuit ayant
presque oublié où je suis. J'émerge finalement et
me rappelle les événements qui ont agité ma nuit.
En jetant un œil à la boîte, posée sur la table de
chevet, je me dis que cette journée risque encore
d'être particulièrement riche en émotions.

Je m'habille et avale en vitesse une tasse de
thé et un morceau de brioche. Je n'ose pas déranger les Plantier si tôt. Je m'installe sur la balancelle à l'extérieur et décide d'ouvrir la deuxième
enveloppe afin de découvrir ce que ma mère a bien
pu m'écrire le jour de mes deux ans. J'apprends
que j'ai fait mes premiers pas peu après mes qua-
torze mois, juste après avoir prononcé distincte-
ment le mot « omage » que j'ai ensuite pris plaisir

à coller au mot « maman ». Je souris en me disant que ce n'est probablement pas le mot le plus fréquemment choisi par les bébés. Ma mère avait donc vu juste en décelant l'année précédente mon goût prononcé pour le fromage. Ce n'est qu'un peu plus tard que je parvins à dire « papa », après que ce dernier ait tenté de me le faire répéter pendant des semaines. Ma mère décrit aussi ma découverte de l'Océan, à Oléron, où mes grands-parents avaient une petite maison de pêcheur. Je comprends mieux pourquoi je me sens tellement bien au bord de l'Atlantique. Je termine la lecture et admire mon portrait crayonné avec toujours autant de justesse.

Un volet s'ouvre dans la maison voisine. Je prépare donc deux tasses de café et vais sonner au portail malgré l'heure encore matinale.

— Je vais y prendre goût ma grande, me remercie Pierre en m'embrassant.

— Oh il ne fallait pas Victoire. Merci beaucoup, renchérit Margot. Tu as bien dormi ?

— La nuit a été plutôt agitée. J'aimerai vous poser quelques questions mais je peux repasser plus tard.

— Non, non, installe-toi sur la terrasse, je vais finir de préparer le petit-déjeuner.

Je m'assois en face de Pierre et suis un peu gênée tout à coup. J'ai besoin d'avoir des réponses mais je ne voudrais pas les peiner. Je réfléchis par quoi je pourrais commencer et me lance enfin :

— Pierre, est-ce que vous savez si les albums photos sont toujours quelque part dans la maison ?

— Oui il me semble qu'ils sont rangés dans l'armoire du salon. Margot pourra sans doute te le confirmer. J'avoue que je m'occupe plus du jardin et du potager.

— Ah justement. Les poules étaient déjà là quand j'étais petite ?

— Non. Ton père en parlait souvent mais n'a jamais concrétisé son idée. Quand ta grand-mère nous a demandé si nous pouvions entretenir le jardin, j'y ai repensé et j'ai installé le poulailler.

— C'est une bonne idée. J'ai hâte de goûter un œuf tout juste pondu.

Margot nous rejoint avec un plateau garni de parts de brioche et de fruits frais coupés. Mais j'ai le ventre noué et ne peux rien avaler. Cette fois je ne peux plus reculer, il faut que je sache :

— J'ai fait un rêve cette nuit et j'ai besoin de savoir. Est-ce que j'étais dans la voiture lors de l'accident ?

— Oh Victoire, me répond tristement Pierre.

— Alors c'est vrai, n'est-ce pas ? J'étais avec eux et grand-mère me l'a caché pendant plus de dix ans.

— Elle a essayé de te le dire je t'assure, me contredit Margot. Elle t'a emmenée voir un pédopsychiatre juste après l'accident parce que tu étais devenue mutique. Quand enfin tu as parlé, ton dernier souvenir remontait quelques heures avant l'accident. Le médecin a donc conseillé à ta grand-mère de ne pas te forcer et d'attendre que tu t'en souviennes par toi-même.

— Et c'est pareil pour les lettres ?

— Tu les as trouvées...

— Je les ai trouvées oui. C'est pas comme si elles étaient très bien cachées. Grand-mère a préféré m'en priver aussi ? Elle aurait pu me les remettre bien plus tôt.

— Tu as raison. Elle aurait pu. Elle a hésité tant de fois. Je pense qu'elle attendait que tu acceptes de revenir ici ou que tu l'interroges sur tes parents.

— C'est de ma faute c'est ça ?

— Non ma grande, ce n'est de la faute de personne. Tu as fait comme tu pouvais... Et elle aussi, me répond Pierre.

— Et vous, vous n'avez pas eu l'idée de me les envoyer après la mort de grand-mère ?

— Nous avons respecté sa volonté d'attendre que tu sois prête. Mais nous t'en aurions parlé rapidement si tu ne les avais pas trouvées toi-même.

Même si ça m'est difficile de l'admettre, je comprends qu'il a sans doute été très dur pour tout le monde de savoir quelles étaient les meilleures décisions à prendre. Je ne sais pas comment j'aurais réagi si la situation avait été inversée.

— Je suis désolée, je ne voulais pas vous agresser.

— Victoire, ne t'inquiète pas pour nous. Nous te trouvons déjà tellement courageuse. N'hésite surtout pas si tu as la moindre question. Nous y répondrons si nous le pouvons.

— D'accord, merci beaucoup. Je crois que je vais essayer de trouver les albums photos pour voir si des anecdotes décrites par ma mère dans les lettres ont été capturées sur pellicule.

— Promets-moi juste de ne pas te moquer quand tu me découvriras avec la moustache.

Je ne parviens pas à tenir ma promesse à peine le premier album ouvert. C'est amusant de les voir plus jeunes et tellement étrange de revoir le visage de mes parents. Je reconnais effectivement mes yeux dans ceux de mon père et la ressemblance avec ma mère est indéniable. Je la trouve tellement belle alors que je suis loin d'en penser autant de moi. Je passe toute la matinée à tourner chaque page, en alternant avec la lecture des lettres écrites jusqu'à mes six ans, quelques mois avant l'accident. Comme je l'imaginais, des clichés font écho aux courriers et ma mère a pris le soin de dater et commenter les albums. Je me sens étonnamment sereine même si cet aperçu éclair de mes premières années est un peu surréaliste.

Je range la sixième lettre dans la boîte puis attrape la septième sans vraiment comprendre ce qu'elle peut contenir. Chacune a été rédigée le jour de mon anniversaire. Mais qu'en est-il de celle-ci ? Je m'apprête à l'ouvrir quand Pierre entre dans le salon.

— Excuse-moi de te déranger. J'ai trouvé ça dans la voiture et j'ai pensé que c'était à toi, me dit-il en me tendant un bout de papier.

Je comprends rapidement de quoi il s'agit.

— J'aimerais te montrer quelque chose si jamais tu souhaites aller à ce concert ce soir, continue-t-il, en m'invitant à le suivre dans le jardin. C'était celle de ton père, commente-t-il en me donnant un trousseau de clés.

Au fond du jardin, dans la remise, est garée une vieille coccinelle dorée métallisée.

— Elle n'est plus toute jeune mais j'en ai pris soin autant que ton père le faisait et elle roule encore parfaitement.

— Elle est incroyable, dis-je enfin en montant à bord.

Je tourne les clés et le ronronnement bruyant me semble tout à coup si familier. Des photos de mon père au volant et moi à l'arrière sur certaines photos m'avaient déjà interpellée. Sentir l'odeur des vieux sièges en cuir et entendre la mélodie si particulière du moteur accentuent encore ce sentiment d'avoir passé des heures dans cette voiture lorsque j'étais enfant.

— Tu venais souvent t'y cacher avec tes poupées pour jouer et tu adorais partir en balade avec ton père. N'hésite pas à aller faire un tour avec.

— Je ne suis pas très à l'aise pour conduire mais j'essaierai.

Pierre m'abandonne et je rejoins la maison lorsque mon téléphone sonne depuis le salon. Je me hâte et décroche :

— Coucou, comment vas-tu depuis tout à l'heure ? m'interroge Bastien.

— Bien mieux. J'ai tellement de choses à te raconter que je ne sais pas par quoi commencer.

Pendant plus d'une heure, je lui détaille la découverte des courriers de ma mère, les albums photos, mes échanges avec les Plantier qui ont confirmé pour l'accident. Je remonte le temps et lui parle ensuite de Thomas et son groupe et de mon hésitation à aller au concert.

— Tu t'es dit que c'était trop simple de découvrir toutes ces choses sur ton passé qu'il faut en plus que tu t'embarques dans une histoire compliquée ?

— Je m'embarque dans rien du tout, je rétorque un peu vexée. Mais si j'ai appris une chose grâce à l'histoire de mes parents, c'est qu'il faut parfois prendre des risques.

Je lui raconte comment se sont rencontrés mes parents et que c'est l'audace de mon père qui a fait basculer leur vie, sans que ce dernier se demande dans quoi il allait s'embarquer comme il dit.

— Qui êtes-vous Miss Carpe Diem et qu'avez-vous fait de ma meilleure amie ?

— Oh ne t'inquiète pas. Mes névroses ne sont pas bien loin et je sais pas encore si j'aurai le courage d'y aller.

— Et sinon tu en as appris un peu plus sur tes parents avant leur rencontre ?

— Pas vraiment non. J'ai l'impression déjà d'avoir un bon aperçu de qui ils étaient.

— Les gens peuvent changer... Enfin je veux dire, c'est important aussi de connaître leur vie avant ta naissance.

— Oui je suppose. Je suis pas sûre que je pourrai en savoir plus sur leur enfance ou leur vie d'avant leur rencontre. Mais tu as raison, j'interrogerai Pierre et Margot pour essayer d'en apprendre un peu plus. J'aimerais tellement que tu sois là pour te faire découvrir la maison et qu'on parte en virée avec la coccinelle de mon père. C'est pas pareil sans toi.

— Je viendrai, promis. Il faut que je te laisse, j'ai une réunion dans vingt minutes et j'ai pas mangé.

— Oui bien sûr. Merci d'avoir appelé.

— Tu as décidé pour ce soir ?

— Pas encore. Je te tiens au courant.

Je fixe le ticket de concert de longues minutes en tentant de lister les bonnes ou mauvaises raisons d'y aller. C'était plus simple quand je l'avais perdu. Là, j'ai de nouveau le choix, mais je n'ai jamais été très douée pour prendre les meilleures décisions me concernant. Je monte faire une sieste en me disant que celle-ci me portera peut-être conseil. Je me réveille deux heures plus tard, toujours aussi indécise. Je ne vois donc plus qu'une solution. Je cherche une pièce dans mon porte-monnaie et la lance en l'air : face, je reste ; pile j'y vais. Je rattrape la pièce, la retourne sur mon poignet et regarde enfin le verdict : PILE.

CHAPITRE 10

Il est 18h et le sol de ma chambre est jonché de vêtements. Je n'arrive toujours pas à choisir la tenue la plus appropriée. Ce n'est qu'un concert, essayé-je de me convaincre.

Je me décide finalement pour une robe chemise en jean que je sers à la taille avec une ceinture en cuir et j'envoie un message aux Plantier pour les prévenir que j'ai finalement décidé de sortir. Puis, je me maquille légèrement dans la salle de bains appréciant enfin les tâches de rousseurs héritées de ma mère. Je relève mes cheveux en un chignon un peu bohème et enfile une paire de sandales. Je rejoins enfin la coccinelle devant laquelle m'attend Margot.

— Tu es magnifique et très élégante. Il te manque juste un accessoire. Pierre a pris soin de la voiture de ton père et moi j'ai gardé précieusement quelques affaires de ta mère. J'ai pensé que tu serais heureuse de compléter ta tenue avec ceci.

Elle me tend une petite boîte que j'ouvre un peu tremblante. A l'intérieur, je découvre une chaîne en or blanc assortie d'un pendentif formé de trois anneaux entrelacés.

— Stéphane lui a offert quand vous êtes rentrées de la maternité. La date de leur rencontre, celle de leur mariage et de ta naissance sont gravées sur les anneaux.

Je suis tellement touchée par cette attention et je l'attache à l'arrière de mon cou en imaginant ma mère faire de même. Je suis bouleversée de le sentir sur ma peau. Je prends les anneaux dans ma main et me sens fière tout à coup de me dire que c'est désormais moi qui porte ce symbole de notre famille. D'habitude pudique, je me laisse entourer par les bras chaleureux de Margot avant de monter en voiture pour rejoindre le Transbordeur situé à dix minutes à peine. Finalement, il m'en faut le double, après avoir calé quatre fois et n'ayant pas osé dépasser les trente kilomètres-heure.

Je pénètre enfin dans la salle quelques minutes seulement avant l'arrivée sur scène de Synecdok, le nom que Thomas et ses amis ont donné à leur groupe. Je n'ose pas m'approcher trop près de la scène et me dirige vers le bar ayant soudain la gorge sèche. Je commande une bière et bois la première gorgée quand sa voix résonne dans la salle.

— Bonsoir Lyon, vous êtes en forme ? Comme Tryo qui nous a invités, on « pense que le bien être se retrouve dans la fête »[7]. Alors c'est parti,

---

[7] Tryo, *La Main verte,* album Mamagubida, 1998.

on est prêt à vous envoyer de bonnes ondes, clame Thomas, guitare électrique à la main.

Je suis scotchée par son naturel. Il ne semble pas impressionné par la salle comble et le fait d'avoir cité une chanson des alter-reggaemen français a provoqué une réponse enthousiaste des spectateurs. Nico, à la batterie, introduit déjà le rythme du premier morceau et le concert débute. Les mélodies entraînantes des chansons, mêlant rock métissé et sonorités jazz, semblent obtenir l'adhésion du public. J'avoue être également agréablement surprise par leur talent. Leurs voix déjà justes et posées en solo se complètent bien lorsqu'ils chantent à l'unisson. La voix de Thomas, un peu rauque, me fait particulièrement vibrer. Je suis toujours loin de l'avant-scène et entame ma troisième bière, espérant sans doute que celle-ci me donne le courage de me rapprocher.

— Avant de vous quitter, on aimerait bien qu'Oxy nous chante un p'tit truc qu'il a écrit cette nuit, dit soudain le bassiste.

Thomas se retourne vers lui, surpris, et semble lui dire non de la tête.

— Allez, on a besoin de vous là, il est un peu timide !

La salle l'encourage par des cris et scande son surnom, ce qui finit par le faire rire. Il lâche un « Ok, ok » dans le micro, donne quelques consignes aux autres membres du groupe et prend une guitare acoustique posée dans un coin de la scène. Je commence à me frayer un chemin dans la salle, l'observant accorder son instrument rapidement tandis que les lumières sur la scène se font plus sombres et qu'un projecteur l'éclaire. Il joue ensuite quelques accords tout en interrogeant la salle :

— Vous avez déjà eu des journées que vous aviez envie de recommencer ? C'est ce à quoi j'ai pensé hier soir en essayant de m'endormir. Je sais pas vraiment ce que je changerais, mais en tout cas, je n'aurais pas laissé filer cette fille comme je l'ai fait. Alors j'ai écrit ce titre cette nuit : « The lost girl from the airplane ».

La fille perdue de l'avion

J'avance plus rapidement pour être tout devant lorsqu'il entame le premier couplet :

Bonus musical...

The sky is blue but she's watching the floor.

It just seems she can't breathe no more.

She looks like she's frightened by life

or that she struggled against a lot of strife.[8]

Plus de doute, il parle de moi dans cette chanson. Je suis maintenant placée juste devant lui, ne pouvant détacher mon regard. Tout le monde autour de moi bouge en rythme. Je reste plantée droite, comme paralysée. Je n'en reviens pas qu'il ait écrit une chanson en pensant à moi. Jamais je n'aurais pensé être source d'inspiration et je suis tout autant flattée qu'embarrassée.

But when her eyes finally open up

I become the victim of a blue hold-up

I won't even try to make an escape,

It wouldn't work cause I'm not wearing a cape.[9]

Il se tourne vers Nico qui donne un coup de baguette sur une cymbale et se met à jouer, bientôt rejoint par les deux autres à la basse et au piano. En ramenant son regard sur la foule, Thomas me fixe tout à coup se rendant compte de ma

---

[8] Le ciel est bleu mais elle regarde par terre/C'est comme si elle venait à manquer d'air/Elle semble lutter pour croire en la vie/Comme si elle avait dû en vaincre des défis

[9] Mais quand enfin elle ouvre les yeux/Je deviens la victime d'un braquage bleu. /Je n'essaie même pas de m'échapper. /Pour ça il me faudrait une cape ailée.

présence. Un immense sourire illumine son visage et il ne me quitte plus des yeux en lançant le refrain :

She's the lost girl from the airplane.

The way she makes me feel is just insane.

60 minutes and a second.

Just enough for an atomic bond.[10]

Je lui souris à mon tour, complètement désarçonnée. J'ai l'impression qu'il n'y a plus que lui et moi dans la salle. Des silhouettes dansent autour de moi, frappent dans leurs mains, mais j'ai l'impression de les survoler, en apesanteur. Je suis suspendue à ses lèvres comme si ma vie dépendait des mots qu'il a choisis en pensant à moi. Son regard hypnotisant se voile de tristesse, comme empli de regrets.

I let her go without a fight

Now I just look like a dull light.

If destiny is a real deal,

I hope for another chance to be her lips seal.[11]

Je rougis presque à la fin de ce troisième couplet puis les garçons reprennent tous ensemble le

---

[10] C'est la fille perdue de l'avion /Celle pour qui mon cœur est en combustion. /60 minutes et une seconde/Juste assez pour ressentir les ondes.

[11] Je l'ai laissée partir sans un combat. /Maintenant j'ai perdu tout éclat. /Si le destin n'est pas scellé/J'espère une autre chance pour ne serait-ce qu'un baiser.

refrain avant de jouer les dernières notes. Ils remercient enfin le public qui les applaudit de longues secondes encore. Avant de sortir de scène, Thomas essaie de me dire quelque chose et je crois comprendre qu'il m'invite à le rejoindre dehors.

Un entracte est annoncé aux haut-parleurs et les spectateurs commencent à rejoindre le bar ou la sortie pour une pause vers un des food-trucks installés à l'extérieur. Je les suis puis m'éloigne pour faire le tour du bâtiment sans savoir exactement où je suis supposée le retrouver. Soudain, une porte s'ouvre et le voilà face à moi, à quelques mètres seulement. Nous restons ainsi un instant sans bouger ou prononcer un mot quand, dans un fracas de rires, Nico et les autres sortent à leur tour et sautent sur Thomas.

— C'était dingue les mecs. Franchement on a assuré et cette dernière chanson Oxy, c'était génial. Dommage que Vic n'ait pas été là pour...

Il ne finit pas sa phrase m'apercevant enfin.

— Les gars je vous présente Vic, dit calmement Thomas pendant que tous m'observent l'air surpris. Vic, tu connais déjà Nico. Et voici Sasha et Raph, les jumeaux.

Je les salue d'un geste de la main et les vois faire de même avant que Nico ne les repousse à l'intérieur du bâtiment, nous laissant de nouveau seuls. Je ris tout à coup suivie par Thomas qui se recoiffe comme pour retrouver ses esprits.

— Il a raison, vous avez assuré. Je sais pas si je peux donner un avis très objectif concernant la dernière chanson par contre... Mais je regrette pas d'être venue, conclus-je avec un aplomb qui m'étonne moi-même.

Thomas s'avance vers moi l'air sérieux et je ne peux m'empêcher de paniquer un peu.

— Qu'est-ce que tu fais ?

— Je pense que tu es suffisamment perspicace et douée en anglais pour savoir que je vais faire exactement ce que j'ai écrit.

Le dernier couplet me revient en mémoire et même si ce n'est pas vraiment le destin qui nous a réunis cette fois-ci, je comprends enfin ce qu'il s'apprête à faire, mais ne parviens pas à dire quoique ce soit.

— Bon c'est très simple. Si tu veux pas que je t'embrasse, c'est maintenant ou jamais pour m'arrêter dans mon élan.

— Jamais, ai-je le temps de murmurer malgré moi, tandis qu'il finit de se rapprocher.

Ses lèvres viennent se joindre aux miennes tandis qu'il encadre mon visage avec ses mains. Je me mets lentement sur la pointe des pieds pour lui rendre son baiser, plus intensément cette fois, mêlant nos langues. Pour la première fois de ma

vie sans doute, je ne veux pas anticiper les consé-
quences ni m'inquiéter de ce que cela peut signifier. Je suis comme attirée par sa bouche sans
parvenir à m'en détacher et rien ne pourra m'empêcher de vivre pleinement cet instant. Rien, à
part peut-être ce coup de tonnerre qui résonne
subitement et me fait sursauter, avant qu'une
averse, aussi soudaine que forte, ne commence à
nous tremper de la tête aux pieds. Je reste de
marbre sans pouvoir lâcher son regard tandis
qu'il dégage une mèche de cheveux derrière mon
oreille. Un éclair aveuglant zèbre tout à coup le
ciel et nous sort de notre bulle.

— Viens, me dit-il en me tirant par le bras,
pour rentrer à l'intérieur.

Nous distinguons les garçons à l'intérieur qui
lui font signe alors qu'ils sont en train de ranger
leur matériel avec des techniciens.

— Va les aider, lui dis-je.

— Tu bouges pas d'ici, m'ordonne-il la voix
douce, en me couvrant d'une couverture que lui
lance Raphaël.

— Promis.

Je les observe s'affairer ne réalisant toujours
pas ce qu'il vient de se passer, comme si ma vie
défilait à mille à l'heure. Mon cœur semble rouler
sur des montagnes russes depuis hier. J'ai l'impression de n'avoir jamais ressenti autant d'émotions avec une telle intensité, comme si je vibrais

enfin, sans filtre. Mais celles-ci ne sont pas uniquement fugaces. Elles laissent en moi un sentiment que je n'ai pas le souvenir d'avoir éprouvé jusqu'à aujourd'hui : celui de me sentir enfin maître de moi-même, de ne pas être que l'actrice d'un scénario écrit indépendamment de ma volonté, mais au contraire, de pouvoir enfin choisir et agir.

Je suis encore perdue dans mes pensées quand Thomas me rejoint enfin, suivi par la bande.

— C'est donc ça la vie de groupie ? Attendre les stars dans la poussière et l'obscurité ? je plaisante, un peu mal à l'aise de le retrouver après notre baiser.

— J'échange quand tu veux princesse, me lance Nico en s'étirant le dos. Moi je donnerai n'importe quoi pour un burger, une bonne douche et une nuit dans un vrai lit.

— Il faut vraiment qu'on trouve une solution les gars, ajoute Sasha. Ça m'étonnerait qu'on nous laisse crécher ici encore ce soir de toute façon.

— Vous avez dormi là ?

— On n'a pas bien eu le choix, me répond Thomas. On était trop justes pour se payer une nuit d'hôtel en plus des billets d'avion. Marco, l'ingé son, nous avait promis un plan. C'est finalement tombé à l'eau. Donc on a négocié hier de squatter les loges. Mais pour cette nuit, c'est sûr que...

— Vous n'avez qu'à venir à la maison.

Je l'ai coupé sans réfléchir.

— Enfin, si vous ne trouvez pas d'autre solution, dis-je en me rendant compte que je ne les connais pas vraiment et que ma proposition a dû leur sembler un peu dingue.

— T'es sûre ? me demande-t-il alors que Nico lui donne un coup de coude, l'air de dire que c'est ça ou un banc dans le parc d'à côté.

— Oui. Elle est assez grande pour vous accueillir. Je vais pas vous laisser dans cette galère. On doit même pouvoir faire un p'tit détour par Mc'Do pour réaliser ton vœu Nico.

— Oh merci, merci, merci ! s'écrie-t-il avec enthousiasme en me faisant tourner dans les airs. Tom, merci de nous avoir réveillés aux aurores avec ta guitare pour bosser les accords de la chanson en l'honneur de cette demoiselle. Ça a payé ! le chambre-t-il en riant. Venez les gars, on va négocier pour qu'ils nous gardent nos instruments dans un coin jusqu'à demain.

— Je vous retrouve dehors, leur précisé-je, avant qu'une acclamation se fasse entendre depuis la salle signifiant probablement l'arrivée du groupe Tryo sur scène.

Adossée à la portière de la voiture, je songe à ce que vont bien pouvoir penser Pierre et Margot. A peine arrivée que j'invite déjà quatre garçons, dont je ne sais quasiment rien, à venir dormir à la maison. J'effleure le médaillon de ma mère en espérant que je ne vais pas regretter cette décision. Les garçons me rejoignent, avec juste un sac à dos chacun pour bagages. Eux n'ont pas l'air de se poser autant de questions que moi.

— La classe. Vous êtes définitivement pleine de surprises mademoiselle, siffle Thomas en faisant le tour de la voiture.

— C'était celle de mon père. Mais je ne suis pas très à l'aise pour la conduire et je crois bien que j'ai trop bu.

— Tu veux que je prenne le volant ? se propose-t-il.

Je m'installe donc côté passager et les autres se serrent à l'arrière. Comme promis, nous nous arrêtons pour faire le plein de burgers et arrivons enfin à la maison. Lorsque nous traversons le jardin, une ombre surgit devant nous.

— Ah ouais carrément. Vic, tu fais quoi là ?

Bastien se tient devant nous et je me jette à son cou.

— Bastien, t'es venu. C'est génial.

— T'as bu ?

— Quelques bières seulement et...

— Et t'as pensé que c'était une bonne idée de ramener quatre garçons ici.

— C'est pas du tout ce que tu crois, le coupe Thomas. On était en galère et…

— Toi je t'ai rien demandé ! lui répond sèchement Bastien.

— Qu'est-ce qui te prend ?

— C'est à toi qu'il faudrait poser la question Vic. Tu fais vraiment n'importe quoi.

— Pourquoi ? Parce que je leur rends service alors qu'ils n'avaient nulle part où dormir ou parce que j'étais pas là à t'attendre bien sagement, quand bien même je savais pas que tu venais ?

— On peut se débrouiller si ça pose problème, murmure Sasha.

— Non, il y a de la place pour tout le monde dans cette maison. Bastien calme-toi s'il te plait.

Se rendant compte probablement qu'il est allé trop loin, il regarde chacun des garçons, tous plus gênés les uns que les autres, puis se rapproche de moi et me prend dans ses bras.

— Excuse-moi ! J'avoue que j'étais déçu de ne pas te trouver ici quand je suis arrivé et je me suis inquiété comme tu répondais pas au téléphone.

— Je l'avais mis en mode avion pour le concert et je n'ai pas pensé à le rallumer.

— C'est rien, répond-il en m'embrassant sur le front. Et désolé les gars, ajoute-t-il en allant serrer la main de Thomas. Je suis sans doute un peu trop protecteur quand il s'agit de Vic, prend-il la peine d'ajouter tout de même.

Bastien a en effet toujours essayé de me protéger mais je ne peux m'empêcher de me dire qu'il me cache quelque chose. Je le sens tendu depuis que je lui ai annoncé que je revenais ici et la présence des garçons ne peut pas non plus expliquer complètement son comportement. Je les invite à entrer après avoir fait les présentations, bien décidée à ne pas le laisser s'en sortir comme ça.

CHAPITRE 11

— Vic, tu peux venir une seconde ?

Je suis dans la cuisine avec Thomas et Bastien qui m'aident à sortir les menus des sacs quand Nicolas m'appelle depuis le salon. J'en profite pour le rejoindre et quitter ainsi l'ambiance tendue qui règne dans la pièce.

— Tu peux m'expliquer ce que fait cette Gibson Les Paul gold signée par Slash sur ton mur ?

— De quoi tu parles ? Qui est Slash ?

Il se tourne vers moi hagard tandis que Raphaël et Sasha restent le regard fixé sur la guitare. Thomas nous rejoint en riant.

— J'y crois pas. Vic, tu te rends compte de la rareté de tous ces modèles ? Celui-ci, par exemple, est une Gibson signée par le guitariste des Gun's & Roses et n'a été fabriquée qu'à cent exemplaires en 94. Et ce Ukulélé là, date certainement des années 30, continue-t-il en caressant le bois de l'instrument.

— Cette collection est incroyable, ajoute Sasha.

— Mon père était passionné.

— Était ? m'interroge Thomas.

Je me contente d'un haussement d'épaules, ne parvenant pas à leur révéler encore la vérité concernant mes parents.

— Je peux ? me demande Raphaël en pointant une des guitares.

— Bien sûr ! Pour mon père, la musique était un hobby. Pour vous c'est un don. Faites-vous plaisir. Cette maison attend depuis des années que des notes résonnent à nouveau...

Tels des enfants devant des cadeaux entassés aux pieds d'un sapin le matin de Noël, je les observe se saisir des instruments les uns après les autres, très précautionneusement toutefois. Je suis persuadée que mon père aurait été heureux d'assister à cette scène. Je retourne en cuisine suivie par Bastien.

— Ok, j'aurais dû te faire confiance. Ils ont l'air sympas et j'ai été plutôt minable tout à l'heure.

— Je confirme. Je comprends que tu sois inquiet pour moi...

— Mais ?

— Je sais pas. J'ai l'impression que tu me caches quelque chose. Est-ce que tu sais quelque chose sur mon passé ou ma famille que j'ignore ? J'ai ce pressentiment depuis un petit moment déjà et d'autant plus depuis que j'ai décidé de revenir ici.

Bastien baisse la tête, les mains dans les poches et je comprends que je ne me suis pas trompée.

— Je te promets que je vais te parler. Mais pas ce soir.

— Demain ?

— Demain !

Je décide de lui accorder ce délai et la fin de soirée très animée à écouter les garçons jouer de la musique et chanter avec eux sur des reprises des Beatles, M ou encore Bob Marley me permet de me détendre et de ne pas trop y penser. Installée à côté de Thomas, j'ai du mal à m'empêcher de le dévisager. Ses longs doigts fins glissent avec aisance sur les cordes, les muscles de ses bras se tendent quand il joue avec plus de vigueur. Lorsqu'il chante, des fossettes creusent subtilement son visage. Je remarque aussi une petite cicatrice à côté de son œil droit et essaie d'en imaginer la cause. Je sens également son regard s'attarder souvent sur moi et j'ai l'impression qu'il est tout aussi troublé chaque fois que nos corps se frôlent.

Vient ensuite l'heure d'organiser les couchages. Raphaël et Sasha acceptent de dormir tous les deux dans le canapé lit du salon. Nicolas s'installe dans la petite chambre du bas et Thomas dans celle du haut. Je suis un peu gênée de devoir m'y résoudre, mais j'accompagne Bastien jusqu'à la chambre de mes parents. Bizarrement, je le sens un peu mal à l'aise également. Nous nous asseyons sur le rebord du lit.

— C'est tellement étrange d'être dans cette pièce. J'ai l'impression à chaque fois d'entrer dans leur sanctuaire et leur présence est presque palpable.

— Je vois ce que tu veux dire. C'est sans doute ton cœur de petite fille qui est encore un peu gêné de pénétrer dans leur univers. J'ai surtout le sentiment que tu culpabilises de pouvoir être là sans eux. Ne t'en veux pas d'être vivante Vic. Moi je suis persuadé qu'ils seraient ravis de te voir redonner vie à cette maison. Ce n'est qu'une chambre après tout.

Je pose ma tête sur son épaule, heureuse de le retrouver enfin. Je n'ai pas oublié notre précédente discussion, mais j'ai confiance en lui et je suis soulagée de le savoir près de moi. Il glisse ensuite son bras autour de moi et m'embrasse sur le front. Thomas passe la tête par la porte et je me dégage rapidement de l'étreinte de Bastien.

— Désolé, je voulais pas vous déranger.

— Non, pas du tout, on était juste en train de…

— Discuter, finit pour moi Bastien qui se rend compte probablement de mon embarras.

— Ok, se contente de répondre Thomas. Je peux utiliser la douche ?

— Bien sûr. J'ai déposé des serviettes sur le portant dans la salle de bains.

A peine disparaît-il dans le couloir que je me laisse tomber sur le dos, attrapant ma tête dans mes mains.

— A ce point là hein ? se moque Bastien. Je t'ai jamais vue comme ça.

— Comme quoi ? je bougonne.

— On dirait une midinette. Tu crois que je t'ai pas grillée tout à l'heure ? Tu le fixais comme une gamine devant un magasin de bonbons. C'est l'effet guitare ça c'est sûr !

J'attrape un coussin et lui lance au visage.

— Doucement sauvageonne ! Ça fait plaisir de te voir ne pas essayer de refouler ce que tu ressens. Fonce s'il te plaît tant que ça. J'ai repensé sur la route à ce que tu m'as dit à midi et tu as raison je crois : il faut être audacieux en amour. Et il n'y pas de bon ou mauvais moment. Tu peux à la fois faire face à ton passé et profiter du présent.

Je l'embrasse et le laisse finir de s'installer. Il semble épuisé d'avoir enchaîné plus de cinq heures de route après une journée de travail. Nous nous souhaitons une bonne nuit et je rejoins ma chambre.

J'en ressors quelques minutes plus tard et me dirige vers la salle de bains, l'eau ayant cessé de couler depuis quelques minutes déjà. Je m'apprête à entrer quand la porte s'ouvre brusquement. La collision avec Thomas est inévitable et je me retrouve collée contre lui. Des gouttes ruissellent encore sur son torse et seule une serviette entoure sa taille. Je fixe ses lèvres qui ne sont qu'à quelques centimètres et approche les miennes irrésistiblement. Mais il fait un quart de tour et s'échappe dans le couloir puis se retourne subitement.

— Je ne suis pas très branché plan à trois, m'en veux pas. Et j'ai l'impression que ce serait difficile de rivaliser avec lui de toute façon.

Je suis blessée par sa remarque, mais suis consciente que le fait de nous avoir vus si proches avec Bastien a dû être déstabilisant.

— C'est mon meilleur ami. Il n'y a rien entre nous. Et c'est pas une compétition. Ce que je ressens pour lui n'a rien à voir avec ce que...

Je ne peux me résoudre à finir ma phrase, me rendant compte de l'impact que pourrait avoir ma révélation. Je suis prête pour l'audace mais lui avouer à quel point il me plait alors que nous nous connaissons à peine ressemble plus à une opération kamikaze. Le visage baissé, je n'ose plus rien dire. Thomas se rapproche et me force à relever le menton pour le regarder droit dans les yeux.

— Écoute Vic. Tu me plais, vraiment. Et tu n'imagines à quel point il m'est difficile de ne pas t'embrasser et te porter jusqu'à mon lit là tout de suite, dit-il dans un souffle. Mais j'ai l'impression que c'est pas le bon moment pour toi et je ne veux pas risquer qu'on le regrette demain. J'ai pas l'air comme ça mais je suis plus romantique qu'il n'y paraît. Comme dirait Nekfeu, « j'ai pas envie qu'on s'amoche. »[12]

Je ne peux m'empêcher de rire de ce choix audacieux de citation. Je ne sais pas s'il a raison nous concernant et si ce serait effectivement une erreur, mais je déteste le fait qu'il me plaise encore plus après cette tirade. Il saisit délicatement mon poignet puis effectue un baisemain en s'inclinant. Il recule lentement jusqu'à sa chambre en chantonnant la berceuse que John Lennon avait écrite pour son fils Julian :

Now it's time to say good night
Good night sleep tight
Now the sun turns out his light
Good night sleep tight
Dream sweet dreams for me
Dream sweet dreams for you.[13]

Ce serait sans doute plus raisonnable de retourner dans ma chambre, mais même après

---

[12] Nekfeu, Chanson d'amour, album Expansion..

[13] The Beatles, *Good night*, Album *The Beatles*, 1968.

quelques minutes sous la douche, le souvenir de notre baiser hante mes pensées. Je suis en colère qu'il ait pu croire qu'il y a plus que de l'amitié entre Bastien et moi et surtout je m'en veux qu'il ait l'impression que je sois si fragile que ce serait un risque de passer la nuit ensemble. Sans réfléchir plus longtemps, je m'enveloppe dans une serviette et toque à la porte de sa chambre, l'ouvre sans attendre de réponse et avance dans le noir jusqu'à heurter le bout du lit.

— Je suis pas d'accord. Je n'ai pas eu le temps de répondre et je pense avoir le droit de donner mon avis concernant ta petite théorie.

— Je dors.

— Eh bien, "Wake up and live now"! [14]

— Bien joué Vic, râle-t-il, en allumant sa lampe de chevet. Je t'écoute.

— Comment peut-on être sûr de savoir quand c'est le bon moment ? Et si le risque de s'amocher comme tu dis était finalement mineur par rapport au risque de rater notre chance ?

— Le simple fait que tu t'interroges autant prouve bien que ce n'est absolument pas...

Je ne le laisse pas terminer et laisse glisser la serviette de bain au sol.

---

[14] Bob Marley, *Wake up and live* ("réveille-toi et vis"), album *Survival*, 1979

— « Le risque, c'est la vie même. On ne peut risquer que sa vie. Et si on ne la risque pas, on ne vit pas. »[15] J'ai décidé de vivre ma vie maintenant Thomas. Alors c'est très simple, si tu n'as pas envie que je t'embrasse, c'est maintenant ou jamais pour m'arrêter dans mon élan.

Je m'avance sur le lit, pétrifiée à l'idée qu'il me rejette encore mais il me sourit et chuchote « jamais » juste avant que nos lèvres se collent dans un baiser d'abord tendre puis de plus en plus passionné. Ses caresses électrisent mon corps tout entier, ses baisers embrasent chaque millimètre de ma peau et c'est dans une symbiose parfaite que nous nous unissons enfin avec douceur et intensité à la fois, comme une sauvage délicatesse, à son image. Nous restons enlacés à nous observer en silence, nos respirations ne faisant plus qu'une, comme si rester ainsi sans dire un mot nous rapprochait encore plus. Nous faisons l'amour deux fois encore avant de nous endormir l'un contre l'autre.

Lorsque je me réveille, il est assis et ne me quitte pas des yeux tout en faisant glisser ses doigts sur mon bras.

— Bonjour.

— Bonjour.

---

[15] Amélie Nothomb, Cosmétique de l'ennemi, 2001

— « Ah ! Et au cas où on ne se reverrait pas, une bonne soirée et une excellente nuit ! »[16] rit-il.

— Qu'est-ce que tu changerais ? je lui demande plus sérieusement.

— Quoi ?

— Si tu pouvais recommencer la journée d'hier, qu'est-ce que tu changerais ?

— Est-ce que c'est une manière détournée de me demander si j'ai des remords pour cette nuit ?

— Disons plutôt que j'aimerais savoir si tu as le même regret que moi...

— Pourquoi, qu'est-ce que tu changerais toi ? m'interroge-t-il, inquiet.

— J'aurais recommencé une quatrième fois, dis-je d'une voix sensuelle avant de me rendre compte, honteuse, que j'ai effectivement prononcé cette phrase à voix haute et cache immédiatement mon visage sous mon oreiller.

— Ça peut s'arranger, vient-il murmurer à mon oreille avant de la mordiller.

Il exauce ensuite ma revendication avant que nous entendions des voix au rez-de-chaussée qui nous ramènent soudainement à la réalité.

— Prête ?

— Plus que jamais.

---

[16] The Truman show, 1998

CHAPITRE 12

Une odeur sucrée nous mène jusqu'à la cuisine où nous découvrons Nicolas et Raphaël qui font un concours de lancers de crêpes pendant que Sasha est en train de presser des pêches tout juste cueillies, précise-t-il. Bastien rentre du jardin, six œufs dans les mains, l'air ravi aussi de son trésor. En nous voyant arriver ensemble, Nicolas entame le refrain de la chanson composée par Thomas. Les jumeaux l'accompagnent dans un trio particulièrement cacophonique.

— Bien dormi les amoureux ?

— Non, je..., enfin on..., je bégaie, bien consciente que mes joues sont rougies de gêne.

— T'as conscience que j'étais dans la chambre juste à côté ? plaisante Bastien.

— Grillés pour grillés, abdique Thomas qui se tourne vers moi pour m'embrasser.

Je ne suis pas très démonstrative en amour d'habitude mais c'est tellement naturel avec lui que je ne cherche plus à cacher notre relation naissante.

— On a une bonne et une mauvaise nouvelles Oxy par contre, ajoute Nico. On vient d'avoir Fred au téléphone.

— C'est notre manager, me précise Thomas. Et ?

— Malheureusement les trois prochaines dates sont annulées. Le chanteur des Têtes Raides est cloué au lit. Donc notre prochaine date est le festival prévu dans le Var dans une semaine.

— La bonne nouvelle donc, enfin si tu acceptes que l'on reste un peu Vic, c'est qu'on peut se poser quelques jours. Victoire, chère Victoire ? me supplie presque Sasha.

J'avais presque oublié qu'il n'était pas prévu qu'ils restent à Lyon et suis donc soulagée de pouvoir profiter un peu plus de la présence de Thomas. Il est trop tôt pour se projeter mais ce serait vraiment difficile de lui dire au revoir si vite.

— Bien sûr, restez autant que vous voulez !

— Je risque de ne plus vouloir jamais repartir après une telle proposition, me chuchote Thomas avant de me voler de nouveau un baiser.

Nous sommes tous attablés quand j'entends la sonnette du portail et aperçois Pierre au bout de l'allée. Je sors sur le porche, sans savoir comment je vais bien pouvoir expliquer l'agitation qui règne.

— J'ai comme une impression de déjà-vu, me dit-il.

— Mes amis musiciens avaient besoin d'un endroit pour dormir et Bastien est arrivé tard de Bordeaux...

— Tu n'as pas besoin de te justifier ma grande. Cette maison a toujours accueilli beaucoup de monde. C'est bien que tu perpétues la tradition. Ces guitares méritaient d'être décrochées du mur. Je n'ai pas pu m'empêcher de tendre l'oreille hier, tes amis sont vraiment doués.

— Vous voulez une crêpe monsieur ? propose Nico qui vient de passer la tête par la fenêtre.

Pendant plus d'une heure, Pierre explique aux garçons l'histoire de chaque guitare, comment mon père a même fait un aller-retour aux Etats-Unis, juste pour rapporter une Fender, n'ayant pas confiance en les services postaux. Il nous raconte comment, avec André Manoukian[17], avec qui il était ami, ils organisaient régulièrement des concerts dans le jardin au profit d'associations diverses.

— Voir autant de jeunes gens autour de cette table me rappelle tellement le jour de ta naissance Victoire. À 23h, nous étions rentrés d'un concert avec ton père et des amis et ta mère s'était levée pour leur préparer une omelette. Elle perdit les eaux avant même d'avoir pu casser les œufs et ils étaient partis tous les deux en catastrophe à la maternité où tu es née en seulement quelques minutes. Tu aurais presque pu naître dans cette même coccinelle qui est garée là, conclut-il en la désignant au fond du jardin.

---

[17]auteur-compositeur français

J'ai failli venir au monde et mourir dans une voiture ? Ce serait presque ironique si ce n'était pas si tragique. Le regard que j'échange avec Bastien et Pierre confirme que je ne suis pas la seule à y avoir pensé.

— Ça n'aurait pas été si grave si ? questionne Raphaël qui a perçu le malaise.

— Non sûrement, si je ne m'étais pas remémorée avant-hier que j'ai survécu à l'accident de voiture qui a tué mes parents il y a vingt ans, finis-je par dire.

La bombe que je viens de lâcher risque de jeter un froid mais l'évoquer de nouveau à voix haute est cathartique. Je me sens soulagée de l'avoir verbalisée, même si je m'en veux d'avoir imposé aux garçons d'en être témoins.

Thomas pose sa main sur la mienne après que j'ai reposé ma tasse, suivi par Nicolas, Sasha puis Raphaël. Bastien à son tour puis Pierre viennent compléter cette pyramide.

— Un pour tous, commence Nico

— Et tous pour toi, complète Thomas.

— Merci, dis-je émue.

Ce souvenir du jour de ma naissance me rappelle qu'il me reste encore une lettre de ma mère à lire. Nous débarrassons la table du petit déjeuner et je profite de faire la vaisselle avec Thomas pour lui en parler. Il m'explique que son père est mort d'un cancer du poumon il y a deux ans et qu'il garde aussi précieusement le message que ce dernier lui a écrit quelques jours avant de mourir. Je suis touchée qu'il me fasse confiance pour se livrer ainsi et l'enlace pour prendre du courage avant de monter à l'étage. J'abandonne ensuite les garçons qui s'empressent d'aller bœuffer au salon des classiques de Bob Dylan, Lou Reed et Led Zeppelin pour le plus grand plaisir de Pierre.

Je m'installe à nouveau dans le bureau, lovée dans le rocking-chair, un pincement au cœur de me dire que c'est le dernier courrier à découvrir :

14 juillet 1990,

Je réalise qu'elle l'a rédigé une semaine avant l'accident et ne peux m'empêcher de penser que cette dernière missive aurait pu ne jamais exister.

Ma puce,

Oui je sais, c'est un peu tôt pour écrire la lettre de tes 7 ans. Je prends de l'avance car ce que j'ai à t'écrire n'est pas facile.

7 ans, l'âge de raison paraît-il. Voilà sans doute pourquoi j'ai déjà décidé aujourd'hui que je te parlerai de quelque chose d'important dans un peu moins d'un an et j'espère que rédiger cette lettre m'aidera à trouver les mots pour t'en parler de vive voix.

Je ne sais pas comment tu réagiras, ni si tu comprendras vraiment ce que cela signifie. Ma plus grande crainte est que tu sois en colère contre moi et que tu m'en veuilles. Si tel est le cas et que tu grandis en gardant cette déception en toi, peut-être que les mots posés aujourd'hui parleront à la femme que tu es devenue.

Je t'imagine dans quelques mois, rédigeant ta lettre au Père Noël et comme chaque année depuis trois ans, y inscrire le souhait d'avoir un petit frère en premier dans ta liste. Si tu savais comme nous aimerions avec ton père réaliser ce rêve qui est aussi le nôtre : celui de te voir devenir grande sœur. Malheureusement, cela fait quatre ans maintenant que nous essayons d'agrandir notre famille, mais Dame nature est bien capricieuse et ne semble pas vouloir coopérer. Je ne peux donc pas te faire de promesse, juste te dire que nous espérons très fort.

Je ne sais pas ce que l'avenir nous réserve, mais aujourd'hui j'ai décidé de te parler de mon passé, bien avant que je ne devienne ta maman, avant aussi que je rencontre ton père...

Je porte près de mon cœur trois anneaux gravés des trois dates qui sont les plus importantes de ma vie. En vérité, il en manque une, que seul ton père à part moi connaît : le 19 septembre 1979. J'avais 22 ans. Ce jour-là, j'ai pris la décision la plus difficile qu'une femme puisse prendre dans sa vie sans doute et même si j'espère que tu comprendras, je pense que je ne suis pas sûre moi-même de me pardonner ce choix un jour.

Tout commença trois semaines plus tôt, quand je me rendis à l'hôpital pour une suspicion d'appendicite. J'avais de fortes douleurs depuis l'après-midi et celles-ci empirèrent en début de soirée. Une échographie fut réalisée en urgence puis je vis l'interne paniquer tout à coup et me laisser seule quelques minutes pour revenir avec un médecin plus expérimenté. Celui-ci d'une voix grave et posée me dit alors ces mots :

— Mademoiselle, vous êtes enceinte.

— Non ce n'est pas possible, je suis sous contraceptif et je suis réglée normalement, lui avais-je répondu.

— Mademoiselle, je vous assure que vous êtes bien enceinte et que votre bébé est sans doute presque à terme, avait-il conclu d'une voix toujours aussi mécanique.

Je sais ce que tu te dis, parce que c'est exactement ce que j'ai moi-même pensé. Comment porter un enfant presque neuf mois sans s'en rendre compte, sans que mon corps ne change, sans douleur jusqu'à ce soir-là ? Et pourtant, c'est dans un état second, que j'ai écouté une psychologue et un obstétricien de la maternité m'expliquer comment lors d'un déni de grossesse, le bébé se positionne souvent le long de la colonne vertébrale et qu'aucun signe physique donc n'est visible. C'est sidérée, que j'ai, en quelques heures à peine, vu mon ventre s'arrondir et que j'ai entendu les médecins m'annoncer qu'il ne restait probablement que quatre semaines environ avant l'accouchement si la grossesse parvenait à son terme.

A l'époque, j'allais entamer mon master en Droit, j'étais célibataire et je ne pouvais pas affirmer avec certitude qui était le père de cet enfant. J'avais en effet vécu deux histoires rapprochées presque neuf mois plus tôt et n'avais plus de contact avec aucun des deux garçons.

Le choc passé, j'ai tenté les jours suivants d'imaginer comment je pourrais m'occuper de ce bébé, un petit garçon avais-je appris. J'ai imaginé comment l'annoncer à mes parents, très conservateurs. Mais je craignais leur réaction. J'avais tant de fois entendu ma mère juger sévèrement les filles-mères. J'ai manqué de soutien sans doute pour m'aider à me persuader que j'étais ce dont cet enfant avait besoin, que je saurais en prendre soin et que tout irait bien. J'ai manqué de maturité sûrement aussi.

Malgré de nombreux entretiens avec la psychologue, je ne suis pas parvenue à m'imaginer garder ce bébé. Je ne me sentais pas assez forte pour lui offrir le meilleur. Je n'ai pensé qu'à lui, même si c'est sans doute difficile à croire, quand j'ai décidé d'accoucher sous X et de le confier à l'adoption.

Crois-moi, je sais sans doute mieux que quiconque à quel point cela semble égoïste et inimaginable d'abandonner son enfant. Pourtant, j'ai vraiment pensé il y a onze ans que c'était ce que je pouvais offrir de mieux à ce petit garçon : qu'il ait la chance d'être accueilli par des parents qui, mieux que moi, allaient lui permettre d'avoir une famille.

Le 19 septembre 1979, j'ai accouché d'un bébé en pleine forme, un bébé dont j'ai entendu le premier cri, que j'ai pu serrer contre moi, et à qui j'ai tenté d'expliquer ma décision. C'est le ventre vide et le cœur en miettes que j'ai ensuite tenté de reprendre le cours de ma vie, sans qu'il ne se passe un jour sans que je pense à lui. J'ai passé les deux années suivantes à me concentrer sur mes études pour éviter de trop douter. Mais la vérité, c'est que je me détestais. Je me suis isolée. Je me suis coupée de tous mes amis et de ma famille. J'essayais juste de survivre, un jour après l'autre.

La rencontre avec ton père m'a sans doute sauvée. Je ne sais pas par quelle magie il est parvenu à fendre la carapace derrière laquelle je m'étais réfugiée, mais il a su me redonner goût à la vie. Lorsque je lui ai parlé de cet enfant, il a su trouver les mots pour alléger un peu le sentiment de culpabilité qui me rongeait. Et c'est même lui qui m'a encouragée à ajouter des éléments dans son dossier afin que s'il le désire, il puisse connaître mon identité et l'histoire de sa naissance. J'y ai ajouté un anneau avec la date de sa naissance, en espérant qu'un jour il puisse rejoindre les autres.

Voilà donc le grand secret que j'espère avoir la force de te révéler bientôt ma puce. Quelque part, un petit garçon de presque onze ans vit dans une famille aimante, je le souhaite du plus profond de mon cœur, et ce petit garçon est ton grand frère.

J'ignore s'il décidera de faire des recherches sur ses origines. J'espère qu'un jour, je pourrai de nouveau le regarder dans ses grands yeux verts, lui dire que je suis prête à avoir une place dans sa vie s'il le souhaite et lui apprendre qu'il a la plus merveilleuse des petites sœurs. Mon plus grand souhait est de vous voir un jour réunis à mes côtés, même si je ne suis pas certaine de le mériter. Je n'ai peut-être pas le droit d'espérer avoir une place dans sa vie. Mais je garde espoir.

Je ne sais pas encore vraiment comment je pourrai t'expliquer son existence avec des mots simples. Je nous fais confiance. Je sais que tu m'aideras à être forte pour t'avouer ma vérité.

Ta maman qui t'aime fort.

Je suis traversée par tant d'émotions à la fois que je suis incapable d'analyser et de donner du sens à ce que je viens de lire. Et pourtant, une intuition obnubile mes pensées et c'est cette énergie qui me fait me lever d'un bond pour en avoir le cœur net.

CHAPITRE 13

— Je te laisse lire et me retrouver dans le jardin quand tu auras terminé.

Mon cerveau bouillonne et j'ai pris quelques secondes pour respirer et tenter de me calmer avant d'aller parler discrètement à Bastien dans le salon, lui donner la lettre et le collier, et ressortir tout aussi rapidement. Je m'arrête sur le porche totalement asphyxiée et sens tout à coup des bras m'envelopper et un baiser se poser dans mon cou.

— Je suis là si tu as besoin de parler. Ou je peux aussi juste écouter ton silence. Si tu préfères être tranquille, claque des doigts et je disparaîtrai.

— Je crois qu'il vaut mieux que je sois seule.

Je sens son parfum s'éloigner, le retiens finalement par la main et l'embrasse comme s'il pouvait m'apporter l'oxygène qui vient à me manquer.

— Je voudrais tellement m'enfuir là tout de suite...

— « Allez viens je t'emmène au vent, je t'emmène au-dessus des gens. »[18]

— Si seulement.

— Je suis sérieux, me répond Thomas en me tirant par le bras jusqu'au jardin. Allez, on se

---

[18] Louise Attaque, « *Je t'emmène au vent* », Album *Louise Attaque*, 1997

casse. On file et on abandonne ici tout ce qui assombrit ce p'tit cœur. Ou alors on reste et tu fais face à ce qui semble tant l'avoir blessé.

— Ça brûle tellement. Tous ces secrets qui refont surface les uns après les autres, c'est comme si le sang qui coule dans mes veines était de la lave en fusion. Et franchement, je ne sais pas comment je pourrais lui pardonner.

— Ça prouve juste que tu vis. Depuis quand était-il endormi ce volcan Vic ? Les émotions peuvent nous détruire certes mais elles peuvent aussi nous enrichir. Je ne connais pas toute ton histoire et je comprends pas trop ce qui se passe. Mais ce que je vois là, c'est que tu as le choix. Soit tu te laisses envahir par ce que tu penses avoir découvert et tu te fermes à toute possibilité d'en comprendre la vérité, soit tu lui laisses une chance de s'expliquer en l'écoutant vraiment.

— Ça fait huit ans qu'il me ment Thomas, j'en suis sûre.

— Je ne t'ai pas menti Vic, jamais. Je n'ai juste pas eu le courage de te dire la vérité.

Cette voix, qui m'a tant réconfortée par le passé, résonne comme un uppercut tellement violent que je ne suis pas sûre de savoir si je vais décider de monter sur le ring pour répondre par un crochet verbal ou si je déclare forfait par abandon. Je me retourne finalement vers Bastien. La clarté de ses yeux verts, transpercés par le soleil, me renvoie soudainement l'image de ma mère les fixant le jour de sa naissance. Je sais désormais que je ne me suis pas trompée et pourtant je ne me suis jamais sentie si perdue.

— Laisse-moi une chance de t'expliquer.

— Je ne peux pas.

Je recule tandis qu'il avance de quelques pas vers moi et fais demi-tour pour me retrouver de nouveau face à Thomas.

— Ta proposition tient toujours ?

Je n'attends pas sa réponse et monte dans la voiture. Il échange quelques mots avec Bastien puis il me rejoint, démarre la coccinelle et passe le portail.

— « Où va-t-on mademoiselle ? »

— « Dans les étoiles. »[19]

Il se contente de me tenir la main et prend la direction inverse de la veille. Nous roulons quelques minutes quand j'aperçois des grilles au loin et un mur d'enceinte très caractéristique.

— Tu peux te garer là-bas s'il te plaît ?

Nous nous retrouvons devant un labyrinthe d'allées et de sépultures et je ne sais pas du tout où me diriger. Mon téléphone vibre et le message de Pierre nous indique enfin la localisation de la tombe.

---

[19] *Jack et Rose, Titanic,* réalisé par James Cameron, 1998

— Un tête-à-tête au cimetière, c'est une pre-mière, ose Thomas pour tenter de faire retomber la pression. Mais rien n'est ordinaire entre nous depuis notre rencontre, me sourit-il. Il n'y a nulle part ailleurs où je voudrai être Vic, mais si tu as besoin d'y aller seule...

— Non, reste. J'ai besoin de toi.

Je compte chaque croisement pour tourner à droite au septième puis à gauche au troisième et je déchiffre enfin leurs noms, gravés sous celui de mon grand-père :

Louis RAMIER 1927 - 1981
Stéphane RAMIER 1956 - 1990
Juliette RAMIER née ETCHEVERRY 1957 – 1990
Suzanne RAMIER née MEIRIEUX 1929 – 2002

J'avance seule jusqu'à la pierre tombale et ré-ponds simplement « d'accord » quand Thomas me dit de prendre mon temps et qu'il m'attendra à l'entrée.

La tombe est bien fleurie et propre. Même si je suis soulagée de savoir que les Plantier l'ont en-tretenue, je m'en veux de ne pas être venue avant pour m'y recueillir. Je m'assois sur le rebord en granite gris et observe les plaques déposées entre les pots de Dipladénias et de Géraniums blancs. « À nos amis », « A notre regretté collègue » y lis-je. L'une d'elle attire plus particulièrement mon

156

attention car un dessin d'enfant accompagne une citation de Victor Hugo : « La beauté de la mort, c'est la présence. Présence inexprimable des âmes aimées, souriant à nos yeux en larmes. L'être pleuré est disparu, non parti. Nous n'apercevons plus son doux visage ; nous nous sentons sous ses ailes. Les morts sont les invisibles, mais ils ne sont pas les absents. »[20] En dessous, une petite fille regarde le ciel où mes parents, représentés sous les traits de deux anges assis sur des nuages, lui envoient des cœurs et je me reconnais en elle. L'ourson qu'elle tient dans les mains ne laisse plus de doute. C'est mon dessin qui a été gravé. Je reste un moment à le fixer et sens mon corps lentement se détendre. J'étais finalement à leur côté symboliquement

— Ça fait vingt ans que vous m'attendiez sans doute et je suis désolée de ne pas être venue plus tôt. Je n'ai pas beaucoup de souvenirs de vous deux, mais je semble tellement joyeuse sur les photos que j'ai pu voir dans les albums que je suis persuadée que nous avons été heureux tous les trois. Grand-mère, tu me manques terriblement. Je sais que tu as fait de ton mieux et je ne t'en veux pas de ne pas m'avoir tout dit. Maman, merci du cadeau que tu m'as fait en écrivant ces lettres. Tu ne te doutais sans doute pas à l'époque

---

[20] Victor Hugo, discours sur la tombe d'Emilie de Putron, 19 janvier 1865

de l'impact qu'elles auraient et de la tournure qu'allaient prendre nos vies. Je te promets d'essayer d'honorer ton souhait, celui d'être épanouie et heureuse. Tu avais raison d'y croire : Bastien a effectivement tenté de te retrouver et j'espère que je parviendrai à lui pardonner ce secret qu'il me cachait depuis huit ans. Même si au fond, je ne pouvais pas rêver meilleur grand frère.

— Et je ne pouvais pas espérer plus merveilleuse petite sœur.

Cette fois, je le laisse s'approcher et s'asseoir à mes côtés.

— J'avais seize ans quand j'ai entrepris les démarches pour essayer de retrouver mes parents biologiques. Mes parents adoptifs, comme tu as pu t'en rendre compte toi-même, sont des gens très bien et je n'ai manqué de rien : ni d'amour, ni de soutien. Ils m'ont appris mon adoption lorsque j'avais huit ans et pendant des années je n'en ai pas reparlé. Puis j'ai finalement ressenti le besoin de connaître mes origines. Juliette a, comme elle l'a écrit dans sa lettre, laissé de nombreuses informations dans le dossier et j'ai ainsi pu envoyer un courrier à l'adresse indiquée. Quelques semaines plus tard, j'ai reçu un coup de fil de ta grand-mère qui m'appris son décès et ton existence. Elle me supplia de ne pas tenter de rentrer en contact avec toi, te pensant trop fragile à l'époque pour digérer cette nouvelle.

— J'avais onze ans, je n'étais plus une enfant.

— Elle t'aimait Vic. Elle t'a sans doute surprotégée mais elle l'a fait par amour. Elle avait déjà perdu son fils, peut-être avait-elle peur de te perdre aussi. Elle m'a juré qu'elle te parlerait de moi à ta majorité. Je suppose qu'elle est partie avant de trouver le bon moment. Et moi, j'ai eu du mal à me remettre de cette double découverte. J'étais tiraillé entre l'envie de te connaître et la crainte de m'imposer dans ta vie et de blesser mes parents. Je me suis senti perdu quelques années. J'ai difficilement terminé le lycée puis je suis parti un an en mission humanitaire en Afrique.

— Le projet de construction d'habitats autonomes dont tu m'as tant parlé ?

— Oui, celui qui m'a poussé à m'inscrire à l'Ecole. Deux ans plus tard, quand j'ai vu ton nom sur la liste des premières années à qui je devais faire la visite du campus, j'ai paniqué. C'est quand même dingue qu'on ait choisi la même filière et la même école. Je l'ai pris comme un signe et ça a été plus fort que moi, il fallait que j'apprenne à te connaître. Des tas de fois j'ai voulu t'en parler, mais notre amitié a été immédiate et a grandi tellement vite que j'étais piégé. J'avais trop peur de te perdre et peur aussi de venir réveiller un passé que tu avais enfoui.

— Tu as toujours été là pour moi, comme si tu en avais fait une mission. J'aurais dû me douter plus tôt de quelque chose.

— Tu avais déjà tellement souffert que je ne pouvais me résoudre à te faire davantage de peine. J'ai bien tenté une fois de t'en parler. Le soir où tu as essayé de m'embrasser, je te l'ai avoué avant de me rendre compte que tu t'étais endormie sur mon épaule.

— J'y aurais été sourde sans doute de toute façon. Je ne sais pas si je serais parvenue à accepter ce lien qui nous unit avant aujourd'hui. C'est étrange, mais c'est comme s'il ne pouvait pas en être autrement. Je devrais être en colère, je devrais être chamboulée par tout ce que j'ai découvert en vingt-quatre heures. Pourtant, c'est tout le contraire. A chaque fois, c'est comme un électrochoc qui ramène mon cœur à la vie dans un battement enfin régulier. Je devrais être sidérée, mais en fait je me sens rapidement apaisée passé l'effet de surprise. Je suis triste que mes parents ne soient pas avec moi aujourd'hui. Mais cette tristesse est plus douce désormais, plus légère aussi.

— Je craignais tellement que tu t'effondres en venant ici et je suis tellement fier de toi Vic.

— C'est malgré moi je crois et surtout je savais que je pouvais compter sur toi.

— Toujours.

Il tend sa main autour de laquelle pend le collier de notre mère sur lequel les trois anneaux sont enfin complétés par l'anneau daté du jour de sa naissance. J'y dépose la mienne et nous restons dans un silence apaisant qui parle pour nous.

CHAPITRE 14

J'approche la tasse de thé de mes lèvres, sans doute la dernière que je boirai ici.

Plus de six mois ont passé et je me retrouve de nouveau perdue dans mes pensées au même endroit où tout a basculé finalement. Je sais que c'est ce jour-là que j'ai recommencé à y croire. Je ne suis plus la même aujourd'hui.

La peine occupait une telle place dans ma vie que j'en avais oublié le bonheur. Petit à petit, j'ai ressenti autre chose, un sentiment bizarre puis de plus en plus agréable et c'est finalement maintenant que je me rends compte que je suis heureuse. J'ai enfin rassemblé toutes les pièces de moi-même et je me sens enfin entière.

Instinctivement, mon regard se porte sur le bloc fixé au mur et je souris en y voyant la date, le 28 janvier. Mon téléphone sonne et sans avoir besoin de vérifier, je sais qui m'appelle.

— Coucou ma puce, je voulais juste te souhaiter une belle dernière journée.

— Tu as pensé à planter des pommes de terre ?

— C'est un message codé ?

— Savais-tu que l'éphéméride du jour est le suivant : « Pour la saint Thomas, plante tes pommes de terre si tu en as ! »

Son rire éclate au bout du fil et celui-ci fait écho dans mes souvenirs à celui qui avait déjà résonné il y a deux mois.

Les garçons finissaient leur tournée et j'avais pu réintégrer l'agence pour finaliser le projet de clinique. Nous passions le maximum de temps ensemble et je mémorisais par cœur son ombre à chaque fois qu'il devait repartir. Comme presque chaque soir lorsque nous étions séparés, nous passions des heures au téléphone. Thomas ne semblait pas déçu de devoir quitter le groupe pour reprendre ses études, mais je ne pouvais m'empêcher de me demander s'il n'allait pas le regretter.

— Si tu fermes les yeux, tu t'imagines plutôt une guitare à la main ou en blouse blanche ? l'avais-je interrogé.

Il avait ri puis avait répondu très sérieusement :

— Aucun des deux ou les deux à la fois plutôt. Jamais je pourrai choisir entre la musique et la médecine. Ce que je sais c'est que je ne serai pas frustré de ne pas jouer autant qu'avant et que rien ne m'empêchera de rejoindre la bande pour des concerts. Mais honnêtement, ce n'est pas ce que je vois quand je ferme les yeux. Quand je ferme les yeux, c'est les tiens que je vois. Tu es ma muse Vic, tu es mon ancre. Ma vie c'est avec toi que je la vois.

C'est ce soir-là qu'il me demanda officiellement si je voulais vivre avec lui, aussi fou que cela puisse paraître à peine trois mois après nous être rencontrés.

— Cap ! avais-je simplement répondu.

Tout s'enchaîna très vite ensuite. Nous décidâmes de tout faire pour déménager à Lyon. Il m'avait été tellement difficile de quitter la maison de mes parents qu'elle allait devenir la nôtre. Thomas obtint rapidement le transfert de son internat à l'Hôpital Femme Mère Enfant de Bron. Je dus attendre le 4 janvier et un entretien avec Coline pour finaliser notre projet plus rapidement que prévu. Elle souhaitait ouvrir une agence à Lyon afin de pouvoir se positionner sur des projets dans la région Rhône Alpes et j'avais saisi l'occasion d'intégrer cette nouvelle équipe.

— Vous avez tenu votre promesse Victoire. Vous êtes revenue et vous avez su apporter des propositions très pertinentes pour le projet de la clinique. J'ai confiance en vous pour garder cette même énergie et créativité à Lyon, m'avait-elle dit ce jour-là.

— Merci d'avoir cru en moi et merci de m'avoir bousculée. J'avais besoin d'être ébranlée pour aller retrouver mes racines et être enfin assez stable pour avancer.

Elle avait ajouté qu'elle avait agi ainsi pour moi, mais un peu pour elle aussi. Une discussion avec Bastien un peu plus tard m'avait révélé le sens de cette phrase :

— Tu pourrais peut-être toi aussi intégrer l'agence de Lyon, lui avais-je proposé.

— Peut-être dans quelques temps Vic, mais je suis bien ici. Je crois qu'il faut que je pense un peu à moi. J'ai quelque chose à t'avouer. Le jour où j'ai tenté de sauver ta place, Coline a été touchée par ton histoire et s'est confiée à moi sur son propre passé. Et sans que l'on ne sache vraiment comment on a pu en arriver là, on s'est rapprochés. On forme un « nous » maintenant.

La décision de Coline de me laisser une chance n'avait pas été un acte de pur altruisme. Celui-ci est finalement « souvent un alibi. »[21]

Bastien jusque-là s'était oublié à prendre tant soin de moi et il méritait lui aussi d'enfin vivre sa vie.

— Mon meilleur ami, mon grand frère va me manquer. Mais je sais maintenant que tu es ma famille et il faut parfois laisser partir un peu ceux qu'on aime et ne pas les retenir pour les laisser être heureux sans nous, avais-je réussi à lui dire après quelques larmes. Je vais mettre mes souvenirs avec toi dans un grand sac et partir avec à

---

[21] Citation de Jean Rostand

Lyon. On ne se quitte pas. On s'absente pour mieux se retrouver.

— Promets-moi juste une chose Vic ! avait-il exigé. Prends la vie avec légèreté. Ne transforme pas les plumes en plomb même si j'ai confiance en Thomas pour ne te laisser vivre trop sérieusement. On n'a pas trop parlé de l'aventure qui vous attend. Je vois bien que tu es déjà particulièrement émotive et c'est normal. Tu voudrais, sans doute plus que jamais, que tes parents soient à tes côtés aujourd'hui. Pense à eux et pense à moi quand tu te sentiras fragile. Ne doute pas de toi. A toi maintenant de vivre des années parfaitement imparfaites comme l'a souhaité Juliette, avait-il conclu.

— A ce soir, sainte Victoire ! Hâte de vous retrouver. Dis à « Rhétorique » que j'arrive.

— Sois prudent sur la route. Je t'aime.

— Idem.

Je raccroche et pose une main sur mon ventre en repensant à la veille de Noël.

Thomas m'avait offert un drôle de paquet accompagné d'un petit mot. « Préviens-moi si ce petit cadeau en annonce un bien plus grand ». Quelques minutes plus tard, je sortais de la salle de bains. En seul regard, il comprit qu'il avait eu raison.

— Qu'est-ce qu'on fait ? l'avais-je interrogé. Est-ce raisonnable de garder ce bébé ?

— Tu souris autant que moi. Tu connais déjà la réponse à cette question.

Cette grossesse surprise n'était que la poursuite logique de notre histoire. J'avais bien tenté de me persuader que mes nausées et les quelques jours de retard n'étaient qu'une coïncidence mais l'apparition de la petite barre rose sur le test avait effacé tous mes doutes. Voir Thomas aussi sûr de lui ne fit qu'accentuer cette évidence. Le crédo de ma grand-mère me revint en mémoire : « On ne peut rien changer à son destin ». Pour la première fois, je compris que ce n'était pas forcément une malédiction mais pouvait au contraire être une chance.

28 janvier 2011,

Cher toi,

Demain, nous entendrons battre ton cœur pour la première fois. Cela fait maintenant 35 jours que je sais que tu es là, au creux de mon ventre, et je t'aime déjà tellement. Tu es un sacré aventurier ou une super guerrière pour être arrivé(e) jusque-là. Nous t'attendions sans le savoir ton père et moi et, si tu gardes ce goût pour les surprises en grandissant, tu vas sans aucun doute faire de notre vie une belle aventure.

Je ne peux pas vraiment prédire quelle maman je serai. Je ne te comprendrai probablement pas toujours, il me faudra sûrement du temps parfois pour savoir de quoi tu as besoin. Tu m'aideras n'est-ce-pas ? Et puis, ton père, j'en suis sûre, parviendra à calmer tes pleurs par sa voix ou ses notes. Excuse-moi d'avance si j'abuse de mes crayons pour immortaliser tes traits. Ce sera ma manière à moi de te rendre éternel(le). Ta grand-mère a fait la même chose quand j'étais enfant et c'est son plus beau cadeau.

Je ne sais pas trop quels conseils te donner sur la vie parce que je fais au mieux, comme tout le monde. Sache que même si parfois tu regardes le sol parce que le ciel t'effraie, tu croiseras peut-être tout de même la plus belle des étoiles. Essaie malgré tout de ne pas avoir peur du Monde. Apprivoise tes doutes, sers-t'en pour ne pas te reposer sur ce que tu crois acquis. Transforme-les en envies pour partir à la découverte des autres tout en restant ce que tu es ou souhaites devenir. Ne laisse personne, pas même nous, essayer de te dicter ta vie.

Nourris-toi de mots, de mélodies, de coups de pinceaux, de danses et de toutes les formes d'art, pour alimenter ta propre pensée et enrichir ton âme. « Une vie est une œuvre d'art. Il n'y a pas de plus beau poème que de vivre pleinement. Échouer, même est enviable, pour avoir tenté. »[22]

Et aime ! Aime avec audace, passion et respect.

Je ne vais pas te mentir, la vie va sans doute parfois te mettre au défi de continuer à croire en elle alors qu'elle te fera côtoyer l'enfer. Reste en apnée si tu en ressens le besoin, ce n'est pas une faiblesse que d'être fragile. Pleure et je te t'assure que tu riras ensuite, crie et tu pourras de nouveau chuchoter, révolte-toi et tu t'apaiseras. N'aie pas peur d'être toi.

Nous ferons de notre mieux ton père et moi pour être toujours là, même quand tu ne voudras pas de nous. Nous resterons dans l'ombre à t'at-

---

[22] Georges Clémenceau

tendre, parce que cet amour-là, que nous ressentons déjà pour toi, a la magie de ne jamais s'estomper.

Je te promets d'essayer de me souvenir que j'ai fait ce vœu d'être fière de toi, peu importe la route ou les virages que tu emprunteras. Si j'oublie, n'hésite pas à me relire cette lettre dans quelques années. Si tu as le sentiment parfois que nous ne t'écoutons plus, pense à ton oncle. Il saura être là quand tu en auras besoin j'en suis certaine.

A demain Rhétorique ! J'espère tout de même que ton père te trouvera un autre surnom, même s'il a raison sur ce point que tu es une évidence.

La vie commence-t-elle maintenant ? Tu en es la magnifique réponse.

Ta future Maman.

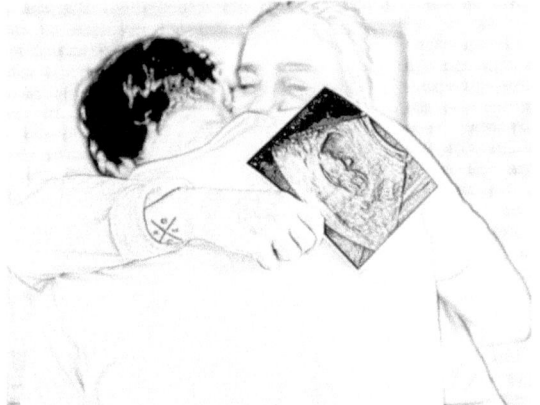